# ATLANTS

(ATOL DE FORMIGAS)

M'ANNA

# ATLANTS

## (ATOL DE FORMIGAS)

SCOR
Editora
TECCI

**Dados Internacionais de Catalogação na Publicação (CIP)**
**(Câmara Brasileira do Livro, SP, Brasil)**

M'Anna
Atlants (atol de formigas) / M'Anna. --
São Paulo : Scortecci, 2006.

ISBN 85-366-0679-7

1. Ficção brasileira I. Título.

06-7996 CDD-869.93

**Índices para catálogo sistemático:**

1. Ficção : Literatura brasileira 869.93

## Grupo Editorial Scortecci

Scortecci Editora
Caixa Postal 11481 - São Paulo - SP - CEP 05422-970
Telefax: (11) 3032-1179 e 3032-6501
www.scortecci.com.br
editora@scortecci.com.br

Livraria e Loja Virtual Asabeça
www.asabeca.com.br

# “Atlants (Atol de Formigas)”

A luz era sempre constante, tudo brilhava. Sempre. Sem descanso. Ora refletindo a luz do Sol, ora a da Lua. Por isso as noites em que o vento sussurrava suave e melodioso, infiltrando-se nos furos estrategicamente feitos nas paredes das casas, eram esperadas ansiosamente. Eram noites em que a Lua não aparecia e sem sua luz branca, o escuro suave e azulado amenizava o calor exasperante do Sol que continuava noite adentro, entranhado na areia, na água, nas coisas todas.

O Sol, naqueles tempos em que ele era jovem e que expelia toda sua energia em forma de raios supra-verdes, a luz mais pura de todo o universo, fazia tudo reverberar com a luz esbranquiçada que chegava até ali, e todo o atol parecia trepidar levemente com o calor e a luz ofuscante. A cidadela era construída na linha onde o Sol permanecia constantemente, às vezes ia para a esquerda, outras para a direita, mas a maior parte do tempo estava ali. E tudo refletia seus raios vibrantes. As moradas, as roupas, a água que circundava e protegia a pequena cidadela, o chão que era de areia e que esquentava terrivelmente, fazendo com que somente às primeiras horas do dia e ao anoitecer pudessem circular pelas alamedas e por toda a cidade

O atol era um lugar inóspito, e não fora a água límpida e doce que circundava a ilha e os lagos que espalhavam-se por todos os lados, não teriam conseguido sobreviver. A areia fina e um tanto dourada, que era todo o chão do atol, parecia mover-se constantemente, com o vento ininterrupto e morno, movimentando as dunas de areia de um lado a outro do atol. Por entre toda essa areia que movia-se suavemente, o constante ir e vir das formigas ajudava a dar a impressão de que o atol acompanhava o doce embalar das águas tranqüilas do lago. As formigas viviam ali havia muitos séculos e quando eles chegaram tiveram que aprender a conviver ao lado delas.

Durante muito tempo sofreram com as incursões das formigas por todo lado, e demorou para que encontrassem um método eficaz e seguro, para mantê-las afastadas e ao mesmo tempo à mão, pois sabiam que poderiam aprender e utilizar muita coisa com este convívio.

Havia pedaços de pedras brancas com sinais numa linguagem estranha, pedaços de argamassa trabalhada e desenhos em um material branco que eles usavam de várias maneiras e esses sinais deveriam explicar o porquê de estarem vivendo ali, mas isso não os incomodava mais, pois conseguiram transformar o atol num pequeno paraíso, onde nada era supérfluo e nada faltava.

Há muito tempo, a paz e a segurança eram bens perenes e nem sequer passava pelos pensamentos a possibilidade de perdê-las. Ali ninguém servia, ajudavam-se uns aos outros e nada era obrigação, a liberdade era exercida em seu mais pleno sentido.

As casas eram construídas de maneira estratégica, ligavam-se umas às outras por canais, túneis, varandas, escadas. Era como um gigantesco "formigueiro", podendo assim, nas horas de calor intenso, comunicarem-se e andarem por todos os lados sem se expor ao sol forte. Viviam vibrantemente. Jogavam, brincavam, trabalhavam, todos como um único e grande bando.

Todos vestiam uma roupa leve, quase transparente e branca que refletia a luz do sol e quando ficavam à sombra pareciam fosforescentes.

Eram todos parecidos e pertenciam a uma colônia de seis famílias. Suas feições, se não eram bonitas, pareciam, pois a tranqüilidade os tornava iguais e belos. Essas famílias viviam todas juntas, não havia diferença entre elas e eram identificadas pelos olhos.

A classificação era apenas um meio de saber quantos eram e quem eram, pois a cidadela precisava sempre de aumento. A classificação era feita por uma máquina que um dos antepassados inventara e que, além de gravar o formato dos olhos, fixava num pequeno pedaço de material leve, flexível e um tanto transparente, a íris, seu desenho e cor. Assim eram classificados e reconhecidos:

***Olhos amendoados – castanhos ou negros***

***Olhos oblongos – azuis ou verdes***

***Olhos oblíquos – castanhos ou negros***

A classificação era feita por sinais e o registro de uma criança era assim:

Menino – Olhos amendoados castanhos – ^@lAzor

Menina – Olhos oblongos azuis – y0lRhia

Eram os seguintes os sinais para cada sexo, formato e cor dos olhos:

Homem – ^

Mulher– y

Olhos amendoados- @
Olhos oblongos – 0
Olhos oblíquos – ~
Cor azul – l
Cor verde – ll
Cor castanha – l
Cor negra – ll

Havia algumas pessoas que tinham olhos com formato ou cores diferentes, mas eram casos raros e eram classificados somente pelo formato. Algumas características eram comuns aos que pertenciam a um determinado formato e cor dos olhos, por exemplo:

Olhos oblongos azuis – Eram pessoas claras, magras, altas e tinham a pele muito manchada pelo sol. O rosto oval era suave, as mulheres tinham as faces coradas e os homens uma barba rala e dourada. Não se atreviam muito a sair de suas casas, com medo de queimaduras. Tinham cabelos finos e dourados.

Olhos oblongos verdes – Tinham quase sempre cabelos avermelhados e crespos, muito cheios de sardas, alegres, altos e vigorosos. Tocavam instrumentos de sopro com graça e faziam melodias alegres e vibrantes.

Olhos amendoados negros – Eram altos, tinham a pele negra, cabelos muito crespos, dentes fortes e o sorriso aberto. Davam-se as mãos sempre que iam a algum lugar, escola, reuniões, buscar flores secas, enfim, eram muito unidos e manipulavam os instrumentos com força e precisão, bastante alegres, dançavam freqüentemente.

Olhos amendoados castanhos – Pessoas calmas, pele trigueira e morena, cabelos lisos, fortes e negros, sempre às voltas com a ordem e a paz. Eram a grande maioria, faziam esculturas e artesanato com uma perfeição incrível e ajudavam a fazer qualquer serviço para quem lhes pedisse ajuda.

Olhos oblíquos castanhos – Muito inteligentes, pele morena-amarelada, cabelos muito lisos, grossos e negros, sempre amáveis e meigos, faziam ginástica suave e as crianças os acompanhavam por todos os lados, querendo sempre aprender com eles os gestos simples e elegantes de seus exercícios.

Olhos oblíquos negros – Tinham a pele lisa e amarela, cabelos finos lisos e negros, ligeiros e pequenos, muito inteligentes e gostavam de competir. Faziam instrumentos, aos quais dedilhavam tirando sons melodiosos e plangentes. As mulheres e os homens, gostavam de pintar o rosto. Contornavam os olhos com traços azuis e a boca bem vermelha e brilhante.

O comum era que um homem e uma mulher se unissem e tivessem um filho dentro do mesmo grupo de olhos, mas não era de estranhar o fato de haver casais de olhos diferentes. O amor era livre, não havia preconceito de idade, nem de sexo e só tinham filhos depois dos dezoito anos.

Uma criança, já aos quatro anos de idade, percorria todas as casas de sua ala e se lhe agradasse mais ficar em outra, que não a de seus pais, era perfeitamente natural, e ela viveria ali como se fora sua casa. Cada casal tinha só um filho. Depois, usavam um método feito pelos mestres para não terem mais filhos, e o sexo, a partir daí era controlado pela inteligência, não pelo instinto. Dos dezoito até os vinte anos, todos tinham a liberdade de escolher seu parceiro e se queriam ou não ter um filho. Depois, ao completarem vinte e um anos, os casais uniam-se até o descarnar de um deles e então, o outro podia escolher novo parceiro ou ficar sozinho. Os casais do mesmo sexo podiam ficar com seus filhos, mas tal escolha era feita pela criança, que podia ficar com a mãe, o pai, os avós ou mesmo com alguém com quem tivesse mais afinidade.

Uma coisa comum a todos era o brilho intenso dos olhos. Brilhavam extraordinariamente e mesmo à noite pareciam fosforescentes, como os dos animais com apurada visão noturna. O mais incrível é que não precisavam falar uns com os outros, olhavam-se e sabiam exatamente o que pensavam e o que queriam. Somente falavam durante as reuniões na Grande Nau, onde não entravam menores de quinze anos.

O trabalho mais importante para todos era estar sempre cuidando das perfeitas condições de todas as construções. Não havia melhor ou pior. O cuidado maior era com a Grande Nau, local em que todos se reuniam. Lá, eles entravam aos quinze anos para iniciarem seus conhecimentos, ouviam, falavam com os mestres, e alguns nunca mais saíam dali.

A cidade era construída num vale mais baixo e ligada à Grande Nau, por uma longa alameda que atravessava um pátio enorme, cheio de bancos móveis ao lado de pequenos lagos e entremeado de degraus. Eram cinco degraus e um longo espaço cheio de uma areia finíssima, branca e brilhante; às vezes eram oito degraus e no espaço de areia ao lado dos lagos havia arbustos com flores rosáceas que perfumavam todo o local.

Devido à longa distância costumavam ir para as reuniões, somente ao anoitecer, quando o sol já havia desaparecido no horizonte. As noites para as reuniões, eram esperadas, sem aquela lua enorme, quase tão clara quanto o sol e todos caminhavam tranqüilos, entoando sons inarticulados e suaves, deliciando-se com a obscuridade mais amena e um vento mais fresco, tornando a jornada um prazer coletivo.

Naquelas noites quando a lua era apenas uma fresta no céu roxo-azulado, anunciando a chegada da lua nova, a sombra azulada da noite era um bálsamo para o calor do dia; um vento vibrante percorria tudo e silvava docemente por todos os vãos. Os nichos, furos feitos em todas as fachadas das casas em distâncias estrategicamente calculadas, ofereciam um som igual a uma flauta tocada por um gênio invisível.

Essas noites mágicas eram esperadas ansiosamente. Todos postavam-se em seus lugares preferidos e deliciavam-se com o suave murmúrio e a brisa refrescante. Suas vestes, mesmo no escuro, tinham um leve tom azulado e refletiam os tons dourados e o brilho longínquo das milhares de estrelas, que sem a concorrência da lua, exibiam todo seu esplendor.

Momentos de êxtase, onde as pessoas achegavam-se umas às outras e murmuravam palavras ternas que perdiam-se com o vento. Voltavam para suas moradas aos poucos e os retardatários sempre viam no horizonte a luz esbranquiçada do sol surgindo. Então, nem iam para suas moradas, seguiam direto para a muralha, que era uma construção enorme que cercava todo o lado leste da cidade. Tinha toda a sua extensão voltada para onde o sol nasce, era feita de placas brancas que pareciam de "plástico" em oito degraus que desciam em direção ao sol. Era grande o suficiente para todos sentarem-se comodamente nos degraus. A cada cem passos uma escada em caracol, com pequenos degraus, levava até o alto e de lá podiam ir para os degraus mais abaixo. Depois do último degrau outra pequena muralha, recebia os rebates suaves das ondas do lago.

Em pouco tempo, ainda antes do sol aparecer, todos já estavam ali. As crianças de menos de quatro anos eram colocadas em nichos e ficavam protegidas da luz solar.

Eram em torno de 12 mil pessoas que, em silêncio e com movimentos rápidos, dirigiam-se aos lugares pré-estabelecidos. As roupas leves, faziam um ligeiro 'fru-fru' ao passarem perto uns dos outros.

Assim que o sol surgiu no horizonte ouviu-se um sussurro, que foi aos poucos aumentando. Palavras inaudíveis e estranhas eram entoadas suavemente e todos simultaneamente olharam diretamente para o disco radioso do sol.

Como em transe, ficavam fixando o sol sem piscar, seus olhos pareciam diamantes refletindo com intensidade a luz e o calor recebidos. Ficavam assim tanto tempo, que sequer saberiam dizer quanto. Depois de longas horas, ouvia-se um pequeno som de sineta, como música a despertar os mais extasiados.

As crianças em seus nichos, tornavam-se dóceis com aquele som e o calor ameno que escapava das pessoas, pareciam estar embevecidas com a suavidade daquela luz branca-esverdeada, que àquela hora o sol espraiava sobre a terra.

Nada parecia interromper aquela incrível seção coletiva. Muito ao longe, depois das águas, vislumbravam-se elevações cobertas por um capim dourado que tremeluzia ao sol, entremeado de uma terra vermelha. Todos sabiam que do outro lado das águas tudo era muito diferente.

Saíam dali suavemente, seus pés deslizavam leves, suas vestes fluíam em torno de seus corpos. Não havia entre eles pessoas doentes, nenhuma criança morria antes dos quinze anos, todos tinham um corpo esbelto e só quando começavam a sentir os efeitos do descarnar é que precisavam de cuidados.

A cidade tinha um formato especial para que todos tivessem acesso fácil aos pontos vitais, podendo circular pelos lugares, por dentro dos canais de ligação, entre as casas e a muralha.

Os mestres ensinavam, a quem estivesse no tempo certo de saber, os segredos de toda essa inefável bem-aventurança, para que todos soubessem como preservá-la, embora ainda existissem muitos enigmas e segredos que deveriam tentar decifrar.

Um ponto vital muito importante era a muralha, pois iam para lá receber sua força e energia. Aprenderam a tirar da luz do sol o alimento para sua nutrição. Depois daquele período de fixação solar suas energias renovavam-se e passavam a maior parte do dia sem comer ou beber. Somente ao cair da noite recebiam um pequeno pacote, embrulhado no mesmo tecido de suas vestes onde havia pequenas sementes torradas ao sol, umas iguarias, algumas bolinhas de mel e folhas de ervas cheirosas e comestíveis.

A água que corria abundante e que escorria dia e noite do alto da parede central em todas as casas, servia apenas para refrescarem-se ou lavarem-se.

Bebiam pequenos goles de água, a qual ficava em um vidro redondo que estava sobre uma pequena mesa, ao lado de várias espécies de sementes e algumas folhinhas secas e perfumadas.O vidro redondo tinha uma tampa parecendo peneira, onde colocavam ervas de cheiro como a "ierva-buena".

Quanto mais sol fixassem, menos precisavam comer. Suas casas eram cobertas com um material branco, que reduzia o calor durante o dia e à noite conservava um brilho suave que permitia enxergarem com mais facilidade. Para tudo que usavam, o calor e a luz do sol era uma energia que tinham em abundância.

Se algum adulto sofresse um acidente ou começasse a sentir sinais de enfraquecimento, era sinal de que o processo de descarne poderia estar próximo, pois a energia do sol, que era fonte de vida, também era fonte de desgaste, então, ia para a Grande Nau onde uma máquina estranha e complicada, aplicava o processo de revitalização.

Se por algum motivo o processo de revitalização não conseguisse devolver à pessoa a energia necessária, a própria máquina encarregava-se de apressar o descanso dela e isso não era motivo de tristeza ou de angústia, pois todos tinham certeza de continuar a contribuir para o bem-estar geral. Quando isto acontecia, todos participavam da cerimônia e dos preparativos para o descarne.

# 1

A Grande Nau era uma construcão espantosa; gigantesca, muito estranha e parecia inacabada. Era grande o bastante para um quarto de todos eles. De três a três mil e quinhentas pessoas estariam bem acomodadas se ali estivessem todas juntas.

Mas ali iam assiduamente, os grandes mestres, ajudantes e os que realmente queriam sempre saber mais. E como os documentos que todos gostavam de ver e rever, tentando decifrar aqueles sinais todos, não podiam sair dali, ficavam sempre na Grande Nau e muitos moravam ali.

O aspecto da Grande Nau era um começo de indagação por parte dos que iniciavam seu conhecimento. "Por que era assim?." "Quem a fez?" "Há quanto tempo?" "O que quer dizer?" Perguntas que a maioria nem sequer pensava. Era assim desde sempre.

Olhando-se a Grande Nau dando-se as costas para onde o sol nasce, existe um jardim estranho, perfeito, com suas pequenas alamedas à volta de um conjunto de cactos de diversos tipos e entremeados de uns arbustos grossos, cheios de pequenas flores rosáceas, via-se uma enorme nave espacial, onde uma cúpula reluzente parecia mover-se imperceptivelmente. Um disco contornava essa cúpula e penduradas nele, avistava-se cabines onde, às vezes, poder-se-ia dizer que havia pessoas.

Era tão grande que deveria haver centenas dessas cabines. Uma escadaria com argolas dependuradas umas acima das outras, que formavam uma enorme e intrincada corrente, adentrava o interior da nave, não havia passagem para fora deste lado da Grande Nau e para irem até o jardim davam a volta a pé ou sentavam-se nos bancos móveis que circulavam sempre.

Depois do jardim, uma pequena mureta separava-o da água que era azul e profunda. A Grande Nau ficava no fim da alameda que separava a cidade da muralha e da própria nave. Vista do lado da cidade era ainda mais incrível. No alto divisava-se a cúpula transparente e móvel, mas dali o disco abaixo parecia quebrado ou inacabado, as escadas com argolas, acabavam sem que desse para ver onde. E então, como se fossem outros que tivessem acabado a construção, dezenas e dezenas de torres, cúpulas, arcos, cones e colunas de vários tamanhos e formatos e umas portas enormes interligadas umas às outras, parecendo uma "sanfona" rígida; tudo era feito de um material branco brilhante e ofuscante.

Todos gostavam de ir até o jardim, observar os pequenos lagos e os arbustos com pequenas flores rosáceas, o perfume era delicioso e aquelas estranhas flores nasciam e cresciam por todos os lados.

Quando iam todos juntos para alguma cerimônia, iam a pé, calçados com sapatos macios, pisando numa camada muito fina de areia que brilhava ao ser pisoteada, uma leve poeira dourada levantava e formava uma espécie de pequena nuvem onde todos pareciam levitar.

A cerimônia de descarne era realizada para a família daquele que foi introduzido na máquina de revitalizar, pois, muitas vezes, o desgaste da pessoa era muito grande e ela não conseguia recuperar-se. A família dos olhos amendoados, que era a mais numerosa, estava agora dirigindo-se à Grande Nau, pois o mais velho deles ia descarnar, e como era uma cerimônia simples, mas muito comovente, todos participavam.

Notava-se entre eles alguns de olhos diferentes, eram certamente, pessoas que admiravam o homem que tinha sido um mestre e que, com certeza, havia cativado a estima de muitos deles.

Todos os outros de olhos diferentes, também participavam e ficavam ao lado, perto dos bancos móveis e batiam palmas suavemente, acompanhando o sussurrar dos familiares, cujos sons emitidos eram iguais aos que faziam na muralha, inarticulados e imprecisos. Ouvia-se assim uma sinfonia que era um bálsamo para todos.

Ao chegarem perto da Grande Nau, ficavam alguns momentos parados diante do gigantesco portão, que parecia ter sido feito para alguém dez vezes maior do que qualquer um deles, depois passavam por algumas colunas com sinais estranhos e incompreensíveis e adentravam no salão, onde havia uma penumbra suave e amena que deixava vislumbrar vários objetos iluminados que confundiam-se com a leve escuridão.

Vários mapas, pinturas, cornijas, objetos estranhos, tudo tão conhecido de todos, que ninguém sequer olhava em volta. Dirigiam-se para o fundo onde uma cortina, parecendo uma parede, forrava o fundo todo onde, sobre um altar, estava o corpo do parente querido, que ainda parecia estar vivo.

Passavam todos ao lado, roçavam suas mãos sobre a testa do mesmo e sentiam o calor ameno que ainda escapava de seu corpo e então voltavam por onde entraram. Somente alguns ficavam, paravam de entoar aquele sussurrar e ficavam imóveis como a esperar um sinal ou coisa parecida.

Aos poucos, uma pequena entrada foi-se abrindo na cortina e o altar – agora todos podiam perceber – era uma máquina, que começou a rodar e entrou pela abertura. Era essa máquina que conservava a temperatura do corpo.

A máquina de revitalizar, era como um tonel onde a pessoa era introduzida deitada em uma maca, recoberta por um tecido esponjoso que aderia ao corpo e, então, era bombardeada por raios invisíveis e um zumbido inaudível ao ouvido humano, começando assim o revitalizar. Quando o processo não reanimava a pessoa, a máquina reduzia a temperatura a um mínimo e depois transferia o corpo para outra máquina que conservava a temperatura, até o descarne.

Eles continuaram ali, imóveis, à espera. Depois de algum tempo, numa nova abertura, bem menor, havia em cima de uma coluna que também era uma máquina, uma pequena caixa branca, que o mais velho deles pegou e, em seguida, retiraram-se todos.

Não havia curiosidade em saber o que havia acontecido, porque enquanto passavam seus anos de aprendizado todo o processo do descarnar era revelado, e nesses momentos, isso era apenas um detalhe.

Voltavam para suas moradas e a caixinha era colocada junto a outras iguais, dentro de um nicho que havia em todas as casas.

# 2

Na Grande Nau vários homens e mulheres começaram a trabalhar na enorme tarefa do descarnar.

O corpo do homem, sobre aquele altar móvel, foi delicadamente transferido para uma espécie de peneira, presa por correntes, que começou a deslizar e entrou em uma máquina a vapor, de paredes transparentes e os presentes assistiram ao descarnar.

O calor intenso do vapor derretia as carnes que escorriam para um tambor de um material brilhante. Assim que toda carne derretia e só os ossos ficavam, o tambor recebia de alguns homens umas resinas e um pó esverdeado, era fechado e então começava a girar.

Os ossos, em seguida, foram levados para outro salão onde uma esteira estava parada, assim que os ossos foram colocados nela, esta foi acionada por uma mulher e começou a seguir para outro salão, no qual o barulho era grande e todos tinham máscaras nos olhos e ouvidos.

Quando o corpo ainda estava na máquina a vapor, os cabelos eram presos por uma pinça, e como não derretiam com o calor eram, em seguida, secados e colocados em uma pequena caixa que era devolvida aos familiares. E por isso, todos usavam os cabelos da mesma maneira. Raspavam atrás na nuca, até a altura das orelhas e então, a cada cinco dedos, o cabelo era amarrado com argolas e esticado no alto, no rodamoinho; por isso todos tinham aquele rabo que lhes dava aparência de "mandarins".

Quando os ossos eram colocados na esteira, um homem, geralmente um familiar, recolhia as unhas, as cartilagens e os nervos que também não derretiam e os colocava numa panela, adicionava vários produtos e a enorme panela ia sobre uma chapa, rodando e dando voltas sobre si mesma.

Após várias horas uma mistura âmbar, como gel, era despejada sobre uma forma fina e longa. Várias formas eram preenchidas e após secarem, ficavam como um plástico leve, translúcido, que era passado em um esmeril e depois cortado em pequenos pedaços. Pequenos cartões que serviam para a classificação de todos. Ali eram impressos os desenhos das íris de cada um, com seus nomes e classificação, embora isso nem fosse preciso, pois todos se conheciam e esse era um costume antigo, trazido pelos ancestrais.

No salão, onde o barulho e o ar eram um pouco pesados, todos colocavam suas máscaras para trabalhar. A esteira com os ossos seguia até um elevado e lá eles iam sendo esmagados, caindo depois em uma prensa que pulverizava todos, sendo despejados depois em outras prensas mais finas, iam transformando-se em um pó branco, que voava a qualquer sopro. Esse pó era dirigido para a boca de um enorme tamborão, onde era misturado com resina, mel e outros ingredientes e ficava rodando por vinte e quatro horas.

Depois, era despejado, já liquefeito e viscoso, em várias formas largas e longas, numa camada que teria alguns milímetros e lá ficavam sob uma luz azulada até o dia seguinte. Transformados em placas de um material flexível, quase inquebrável, que servia para quase tudo.

Assim eram os tetos das moradas, onde o sol batia em cheio e era refletido intensamente. Também serviam como amortizadores do calor e à noite conservavam o brilho e aqueciam a água, que era geladíssima. A Grande Nau era toda feita desse material. A parte que parecia uma nave espacial tinha alguma diferença, pois era mais brilhante e mais translúcida.

Era assim que, mesmo depois de descarnar, eles continuavam ali presentes, e nas noites de vento, os silvos nos nichos simulavam sons queridos.

O conteúdo do tambor brilhante, também era despejado sobre longas esteiras e era amassado por rolos, passando tantas e tantas vezes pelos rolos, que ia diminuindo de espessura e ficando maleável, fino e um tanto transparente. Então, ia para uma prensa maior e era polvilhado com umas pétalas filigranadas e rosáceas que grudavam em toda a extensão, tornando-se um só tecido. Aos poucos, eram retirados em pedaços e colocados para secar, um ao lado do outro até secarem totalmente.

Depois, eram levados pelas mulheres para outro salão e lá eram transformados nas vestes que iam servir para todos. Homens e mulheres usavam pantalonas iguais e por cima uma túnica que alguns prendiam com pequenos cintos, outros amarravam de um lado ou simplesmente deixavam soltas. Brilhantes e levemente perfumadas essas roupas eram praticamente indestrutíveis. Lavavam-se com elas e bastava irem para o sol e estavam secas.

Toda essa engenharia usava como combustível a água e como energia o Sol. O marulhar da água era ouvido sobre todos os outros ruídos. Aquela escada e as argolas que viam-se presas ao disco, na verdade, eram uma serpentina por onde a água corria. Os degraus eram ocos e as argolas rodavam as águas de um para outro degrau e o sol que batia em cheio nos degraus aquecia a água.

Nem os grandes mestres sabiam exatamente quem criou esse sistema... Sabiam que eram seus antepassados e o segredo estava gravado em placas, disquetes, folhas e em sinais ainda não decifrados. Sabiam todos que um dia alguém ia aparecer e decifrar todos os segredos.

A água era levada a todos os recantos. A Grande Nau ficava muito mais alta do que o restante da cidade, mas não era somente o nível que forçava a água a subir em lugares incríveis. Em toda a volta do território ocupado havia um canal não muito largo, mas bastante profundo e antes de chegar às águas geladas do lago, existia uma larga faixa de areia grossa por onde, entre os grãos de areia, longas filas de pequenas formigas douradas iam e vinham, naquela sua incessante busca.

Do lado oeste, que era mais da metade da ilha, e depois do canal que separava a cidade deste espaço arenoso e seco, havia um aglomerado de arbustos com as flores rosáceas que eles cuidavam para as formigas se alimentarem. Havia uma ponte elevadiça que era abaixada sobre o canal, quando iam cuidar dos arbustos e, em seguida, levantada para que as formigas não pudessem passar para dentro da cidade.

Todos gostavam de ir até lá, pois dali podiam ver as dunas de areia, onde o vento, brincando com elas, jogava-as de um lado a outro e assim formavam um espetáculo único e assombroso, pois as dunas pareciam ter vida, porque de manhã estavam de um lado, à tarde do outro, mais baixas, mais altas, douradas, brancas, com um véu de areia finíssima que refulgia à luz do sol revoluteando sobre tudo, num espetáculo vívido e maravilhoso.

Conviviam com as formigas havia muito tempo e elas eram imprescindíveis para a comunidade. Por duas vezes, uma quando o sol estava bem longe, no lado esquerdo; outra, quando ele estava do lado direito, a grande maioria das formigas criava asas e ia para todos os lados. Elas iam até o outro lado e de lá voltavam (*como as abelhas*) carregadas de mel que depositavam em colméias erguidas no chão. Pareciam cupins.

Outras voavam "às tontas" e iam parar na cidade. Então, todos com abanos nas mãos, catavam as formigas.

Quando elas perdiam as asas, morriam e enrolavam-se, virando pequenas bolotas. Então, eram colocadas em um vaso com mel e depois, uma a uma eram colocadas em tabuleiros que iam ao sol. Assim que secavam ficavam vitrificadas e eram colocadas em caixas. Essas bolinhas eram o alimento de todos, mais algumas sementes das flores rosáceas torradas ao sol e pequenas folhas dos arbustos lá de fora. A água que todos bebiam e que estava nos vidros, tinha sido batizada pelos mestres que colocavam filtros nos tais vidros e umas ervas que somente existiam na Grande Nau.

Não plantavam nem colhiam, o trabalho era leve e a vida, de tão perfeita, parecia uma "utopia". Mas, na verdade, toda essa liberdade estava contida entre aquelas águas geladas e ninguém sequer pensava mais em aventurar-se para o outro lado.

Havia relatos escritos gravados em vários estilos e materiais diferentes, mas todos continham a mesma história de obstáculos invencíveis e perigos formidáveis. Já há muito tempo deixaram de preocupar-se em sair dali. Todos eram felizes e não desejavam coisas impossíveis e inalcançáveis.

Uma das histórias que um dos grandes mestres contava sempre, pois todos gostavam dela, era sobre um homem que nasceria com a sabedoria dos antepassados e ele saberia desvendar segredos que existiam em vários sinais que havia por entre as máquinas e galerias.

Nos livros que todos entendiam havia relatos de homens e mulheres que em algum momento tentaram atravessar as águas e explorar o outro lado.A última dessas aventuras foi há muito tempo, mas alguns dos mais velhos tinham lembranças ainda vívidas, pois assistiram ainda crianças, à volta de alguns deles.

Saíram cinquenta homens, mulheres e até crianças, tentando atravessar os perigos que sabiam ser formidáveis. Depois de mais de cem dias alguns homens e uma mulher retornaram em frangalhos. O relato deles deixava a todos deslumbrados e apavorados. Saíram em um pequeno bote, que mal dava para as cinqüenta pessoas, atravessaram a faixa de água límpida e azul e do outro lado, ao chegarem já percebiam a grande dificuldade de locomoverem-se, pois o capim alto e forte, adentrava a água e formava um emaranhado difícil de vencer. Ao atingirem um local mais firme, desceram do barco e continuavam a pé, mas o capim, além de cerrado, era seco e afiado como navalha e soltavam um pólen, igual a ferrugem, que entrava nos olhos e nariz.

Quando conseguiam chegar perto de uma elevação, onde havia umas pedras vermelhas e muito pedregulho que não deixavam o capim crescer, os grandes animais também estavam e não era possível passar por eles.

Perto dos rios também não conseguiam chegar, o capim próximo da água tornava-se um emaranhado intransponível e quando havia um espaço mais livre onde os animais iam beber, eles avistavam pequenas árvores que começavam a desabrochar por entre os dejetos dos animais.

Às vezes encontravam blocos enormes de pedras, no meio daquele capinzal infindável, e ao subirem por ela para poderem avistar um caminho mais fácil, ficavam desanimados, pois um mar ondulante e sem fim, de capim dourado, perdia-se no horizonte.

O capim sugava toda a umidade da terra, tornando-a árida e inóspita e depois de muitos ataques dos animais e esgotados com o pólen obstruindo seus olhos e narizes, resolviam voltar. Eram poucos os que conseguiam retornar até onde o barco havia ficado, preso entre o capim.

Contavam, e os mestres gravavam todos os detalhes em grossos livros, feitos do mesmo tecido das roupas, pois os pedaços pequenos que sobravam dos cortes das peças de roupa, eram engomados e presos uns aos outros com argolas, formando um bloco. Eram usados pelas crianças e por aqueles que continuavam a ir à Grande Nau para estudar e tentar desvendar alguns enigmas gravados ou pintados em vários locais.

# 3

O mestre mais velho era uma mulher de longas tranças, enroladas no alto da cabeça e assim realçava ainda mais seu porte alto e nobre. Era considerada como uma verdadeira sacerdotisa e todos a procuravam para ouvir seus conselhos e pedir sua opinião sobre vários assuntos. Andava pela Grande Nau em passos cadenciados, e gostava de amarrar umas fitas em volta da cintura, descendo pelos quadris e as pontas soltas e largas, pareciam asas revoluteando em volta de seus pés. Seu rosto pálido, contrastava com os cabelos escuros e os olhos eram lânguidos e tristes. Tinha uma voz penetrante e um tanto grave que ouvia-se repercutindo pelos recantos do salão onde muitos ficavam esquecidos de outros afazeres, absorvendo seus ensinamentos. Era também a pessoa mais velha de toda a cidade. Já estava com 48 anos de idade e isso era uma verdadeira façanha, pois a idade média para todos estava em torno dos trinta e cinco anos.

Ela inclusive, já havia estado na máquina de revitalização e como sua recuperação foi completa, voltou a exercer seu trabalho, o de ensinar aos mais jovens como permanecerem com energia e a não se exporem muito ao sol, cuidando de todos eles com carinho e sabedoria.

Depois que entrou na Grande Nau nunca mais saiu, a não ser para olhar o sol e isso ela fazia com moderação, pois aprendeu, logo no início, que a energia do sol também era desgastante e não deveriam ficar expostos durante muito tempo.

Isso ela aconselhava a todos, não só aos jovens, mas a luz do sol, logo que ele aparecia, das cinco até as dez horas da manhã, era suave e embevecia a todos. Era muito difícil para qualquer um deixar a muralha.

A partir das dez horas os raios do sol não apenas queimavam mas também exerciam um poder hipnótico que era como uma droga.

Os de pele clara não conseguiam ficar muito tempo e os que teimavam em ficar, acabavam com queimaduras graves. Mas os de pele escura, com os olhos amendoados negros, curtiam o sol à exaustão e os que ficavam mais tempo, embriagados de luz, começavam a entoar cantos melodiosos e estranhos que encantavam a quem os ouvisse. Por isso, muitos dos que saíam do sol, ficavam à sombra da muralha, simplesmente para ouvir aquele canto mavioso.

Ela também, Jo-a, ficava encantada com aquele som e só não ficava mais tempo porque sabia do desgaste que a luz do sol provocava, mas isso não impediu que se apaixonasse por um dos rapazes que ficava cantando, mesmo depois que todos tinham ido embora.

Aquela voz gutural e suave, enterrnecia seu coração e ela esperava por ele à sombra da muralha.

Quando, por fim, ele saía do seu êxtase ela o abraçava, e juntos voltavam para a Grande Nau, onde Jo-a tinha seu cantinho.

A Grande Nau tinha ao lado, onde as construções eram diferentes e mais parecidas com suas casas, locais próprios para casais ou mesmo para jovens sozinhas, como ela sempre foi, poderem morar quando não tinham mais vontade de ficar junto de seus parentes.

Mir deitava-se no degrau que era o leito de Jo-a, macio e perfumado e ficava ali, esquecido de tudo e de todos, inclusive dela.

Quando, por fim, levantava-se, tornava-se um excelente companheiro e juntos buscavam encontrar explicações para tantos segredos. Ela só não conseguia fazê-lo entender que a exposição excessiva ao sol era prejudicial e poderia antecipar seu descarnar.

Ele simplesmente não acreditava. Para ele o sol era fonte de vida e jamais deixaria de se expor. E todos os dias ficava lá junto de outros que, como ele, adoravam a sensação de bem-estar e os sonhos deslumbrantes que a luz branca-esverdeada do sol provocava e que também começava a embaralhar seus pensamentos.

Cantavam, e mesmo sentados, seus corpos tinham uma ginga malemolente e sensual que muitos reprovavam. Ele, Mir, tinha um corpo excepcional. Nem muito musculoso, nem magro. Sua pele, com o suor que o sol provocava, tornava-se brilhante e ele parecia uma escultura.

Jo-a amava-o mais que a si própria e mortificava-se por saber que aquele excesso de sol acabaria com ele.

Como a liberdade de cada um era um privilégio intocável, Jo-a começou a afastar-se dele, pois sabia que aquele excesso o levaria ao descarnar. Mas ficava lá, na sombra da muralha, ouvindo seu canto e agora ela percebia em seu tom algo de triste e melancólico.

Queria estar por perto, quando ele precisasse de alguém para levá-lo até a máquina de revitalização, pois como ela já havia passado por isso, sentia que talvez isso o ajudasse a revitalizar-se e, ao mesmo tempo, curar sua dependência do sol.

Não demorou muito e realmente Mir sentiu o aproximar do descarnar e foi com ela para a máquina de revitalização. Mas os efeitos do sol já eram graves demais e ele não conseguiu se recuperar.

Seu descarnar foi para ela o fim de seu sonho de construir uma casa e ir morar com ele, mas seu espírito forte e corajoso tornou-a ainda mais lúcida e entregou-se aos estudos com toda a capacidade que possuía.

Depois disso, passou a ser considerada por todos como uma verdadeira mestra, seus ensinamentos sobre a excessiva exposição ao sol eram acatada por muitos. Enquanto falava, era grande o número de pessoas que ficavam ouvindo seus sábios conselhos e também seus conhecimentos sobre como era tudo por aqui, quando chegaram os antepassados.

E ela contava:

"Nossa cidade é um pequeno paraíso e quando nossos antepassados aqui chegaram era apenas um atol de formigas. Elas estavam em toda parte. Não podiam ficar parados, pois elas subiam pelas pernas. Para protegerem-se delas precisaram cavar fossas e enchê-las de água.

Depois de vários séculos morando na Grande Nau começaram a fazer as primeiras casas, sempre cercadas pela água. As formigas eram tantas que acabavam sendo comidas sem querer e então, eles perceberam que podiam alimentar-se delas e aprenderam, também com elas, a se expor ao sol, para energizar suas "antenas".

Como as formigas, cavaram túneis por todos os lados, e os enchiam de água, assim elas foram sendo empurradas para fora das primeiras casas.

Mas eles tiveram o cuidado de deixar uma larga faixa de areia em volta, onde elas vivem até hoje e em todo o lado da ilha em que eles não iam. Nosso pequeno paraíso começou devagar, por causa das formigas, mas logo os mais velhos apressaram-se a erguer os primeiros degraus da muralha e, sempre cercados de valas cheias de água, para poderem escapar delas. Com a energia recebida do sol, começaram a pôr em prática vários planos que trouxeram com eles, embora a intenção de ficarem para sempre por aqui, provavelmente não estivesse em seus planos.

A nave em que chegaram era grande, seiscentos deles vieram nela e foram guiados para esse atol porque ele era uma pequena ilha de paz, numa gigantesca massa de terra inóspita e perigosa. O atol também não era muito tranqüilo, o perigo era pequeno, mas ardido e incômodo. Demorou muito para que encontrassem um meio de manter as formigas afastadas e, ao mesmo tempo, à mão, pois rapidamente aprenderam que o alimento que eles conseguiam rápido e que era altamente energético provinha delas.

Como as formigas, também não atravessavam aquela faixa de água tranqüila, que cercava todo o atol, mas que era suficientemente larga e profunda, para que pudessem atravessá-la facilmente.

O outro lado, pelas narrativas dos que tentaram aventurar-se, era muito lindo; pradarias imensas todas recobertas por um capim dourado e alto, que dava para cobrir um deles, mas era muito emaranhado e seco e era sempre por ali que eles tentavam caminhar e conseguir atravessar todo aquele capinzal.

Formavam filas "indianas" e conseguiam caminhar bastante, às vezes dias e dias, mas quando menos esperavam animais enormes que corriam velozmente e aves descomunais de olhos aguçados, rapidamente acabavam com eles. Poucos voltavam, feridos e esgotados.

Até mesmo a pequena barca que os transportava para o outro lado, foi atacada por animais aquáticos de mandíbulas poderosas e afundou depois que chegaram de volta.

Muito tempo se passava, até que outro grupo tentasse novamente. Nossos antepassados deixaram vários mapas e figuras com traços e indicações, mas com o tempo fomos perdendo o interesse em sair daqui e hoje esperamos que surja, entre nós, um com a sabedoria dos antepassados, e que consiga decifrar todos esses documentos, porque isso é o que nos relatam alguns escritos que conseguimos entender.

Até lá, podemos estudar e tentar decifrar vários deles. Neste mapa, por exemplo, é fácil identificar aquela linha rosácea que divide a cidade, mas o que significa aquela sombra, como se fora um reflexo da linha? Não sabemos. E por que motivo aquela linha que existe lá na cúpula da Grande-Nau tinha sinais gravados na forma daquelas pequenas flores rosáceas?

Vocês, com certeza, já olharam bem para elas e puderam verificar seu formato inusitado. São quatro pétalas que saem de um cálice áspero e picotado e essas pétalas são de um filigranado finíssimo, dourado e transparente, e ao mesmo tempo flexível. Pode-se apertar uma das pétalas até virar uma bolota que ao ser solta volta imediatamente ao formato original.

São essas pétalas que todos recolhemos quando as flores secam e são levadas para serem fixadas nos tecidos. Sobre estas quatro pétalas filigranadas saem três pétalas rosadas e no centro, uma corola com o formato de um cálice de onde sai um longo pistilo, com uma cabeça triangular e seu lado mais pontudo fica sempre voltado para o mesmo ponto, mesmo se virarmos a flor para qualquer outro lado.

A linha é de fácil identificação, pois acompanha a linha do sol, desde o nascer até o pôr-do-sol, quando ele desaparece do outro lado. Mas porquê o sol vai para o lado esquerdo ou quando vai para a direita, não sabemos explicar.

Aquelas pequenas flores rosáceas também são misteriosas, pois com certeza contêm algum segredo e parecem vir de outras plagas, nós nem cuidamos delas e parecem estar em todos os cantos. No jardim ao lado dos cactos elas estão entre eles e crescem com muita facilidade, seguem também ao lado dos canais, onde parecem ligeiramente mais fortes, com seus galhos em "gomos' retorcidos e de folhas carnudas grossas e ovaladas.

Os mapas antigos e guardados com verdadeiro zelo, também são enigmas que ainda não conseguimos decifrar. Vamos olhar este, mais velho, bem, vamos olhar uma cópia, pois o original está tão velho que pode partir-se. Vejam, essa massa de terra enorme e chamada "PAN" e aqui, bem pequenino, parecendo um ponto, é nosso atol de formigas, chamado de 'AHTOLWANT'. Há muitos milhões de anos, "PAN", começou a moverse e partiu-se em blocos enormes, mas que ainda estão juntos, separados por rios ou lagos, mas com certeza irão separar-se. Não sabemos quando, e os segredos escondidos nesses documentos que revelam quando isto acontecerá estão escritos em código e não conseguimos entender, mas serão decifrados por alguém que está para nascer. Entendemos esses traços aqui, pois parecem demarcar rios ou lagos, mas este longo tem uma sombra ou um reflexo, parece igual `a nossa linha e não sabemos o significado.

Sempre que alguns de vocês quiserem estudar qualquer coisa devem vir aqui à Grande Nau, porque nenhum desses documentos pode sair daqui... Estou sempre à disposição de qualquer um para mostrar mapas ou decifrar qualquer documento. Espero encontrá-los sempre por aqui."

Assim ela fazia quase todos os dias e nunca deixou ninguém sem uma resposta ou palavra de afeto, mas eram poucos os que tinham ânsia em saber o porquê de tantos enigmas.

# 4

Havia um rapaz da classe dos olhos amendoados que não saía dali. Passava os dias debruçado sobre vários e estranhos documentos que pareciam pequenos discos de papel ou daquele material branco e brilhante que usavam para quase tudo. Saía o tempo necessário para ir até a muralha e era da muralha para a Grande Nau e nada mais.

Começou a notar que uma jovem, como ele, fazia a mesma coisa. Ela era da classe dos olhos oblongos, e ficava sempre na Grande Nau, fazendo esculturas e lendo todo e qualquer papel que caísse em suas mãos.

Começaram a ir juntos de um lado para outro e por fim resolveram que não iriam mais morar na Grande Nau, mas que morariam juntos.

O rapaz morava na casa que havia pertencido a seus avós, mas depois que o avô descarnou, a avó foi morar com outro e deixou a casa para o neto.

A casa era como as outras, uma espécie de iglu, com paredes lisas que iam afunilando no alto, onde um telhado redondo ou retangular, feito de placas de um material que parecia plástico branco, dava um aspecto brilhante e aconchegante.

Nas paredes havia furos ovalados ao lado da porta principal que dava para a alameda mais afastada da cidadela. Os furos eram iguais aos das outras casas, sempre ao lado da porta principal, em distâncias iguais e com ligeiras inclinações, onde o vento, mesmo leve, soprava.

Dentro, a casa era uma grande sala e no fundo, uma pequena porta era a ligação com as outras casas e era usada pelas crianças, que tinham livre acesso a todas elas, e por todos eles, durante as horas muito quentes do dia.

De um lado, entre as duas portas, havia uma fonte engenhosamente projetada, parecia uma jarra cortada verticalmente ao meio e desde a boca larga em cima, uma corrente de água cristalina corria incessantemente por dentro das paredes da meia jarra, tornando o ambiente suave e fresco. Nem uma gota espirrava e a água espraiava-se em uma pequena bacia na base da jarra, de onde fluía para outros degraus e sumia num bueiro pequeno na parede, perto da pequena porta. Ao lado, bancos com almofadas e do outro lado um degrau maior com acolchoados e travesseiros recheados com pétalas de flores secas e perfumadas..

Eram bancos e degraus ocos cheios de uma areia fina, onde sentavam ou deitavam para dormir. A brancura e a simplicidade do local, formavam um ambiente frio, que era quebrado por vários objetos coloridos e de excelente artesanato.

O chão era batido e a areia recebia uma camada do gel que era usado para fazer as telhas e socado tantas vezes que ficava vitrificado, e em algumas casas, como a deles dois, tingiam o chão de cores claras e suaves

A argamassa que usavam no preparo das paredes e dos bancos era preparada com pedras calcárias, que extraíam dos canais e fossas que abriam para encher de água.

As pedras eram fáceis de lapidar e unidas com a argamassa que era uma mistura da pedra calcária esfarelada, pedaços de formigueiros abandonados, água e um pouco daquele líquido viscoso com que eles faziam as placas do teto. As paredes eram lapidadas e cada pessoa tinha um estilo próprio para esculpir as pedras. A casa transformava-se no trabalho artístico de cada morador. Quando recebiam a casa de algum parente, já estava pronta, mas dependendo de quem a herdava, ela ia sendo retocada para mostrar a força e a arte do novo morador.

E os dois, Azor e Rhia, eram exímios artistas. Ele pintava, ela esculpia. A força das esculturas de Rhia era suavizada pela pintura "naif" de Azor. A casa deles era, todinha, um pequeno tesouro. Vinham amigos e vizinhos de todo lado para apreciar a beleza de seu trabalho, e acabavam fazendo para os amigos trabalhos bonitos, e sempre com prazer e alegria.

Faziam também trabalhos maravilhosos na Grande Nau, onde o tamanho das esculturas e pinturas proporcionava campo para expandirem tudo de belo que tinham dentro de suas cabeças privilegiadas, e não mediam esforços para que seus trabalhos fossem da melhor qualidade.

Depois de algum tempo juntos aconteceu o que tanto desejavam. Rhia estava grávida.

O pequeno berço, um degrau menor ao lado do grande onde eles dormiam, foi esculpido com aquelas flores rosáceas e linhas geométricas que existiam na Grande Nau e que eram o desenho favorito de Rhia. Azor fez sua mais bela pintura, com tintas novas onde ele usava vários pigmentos, os quais misturava com uma cola que retirava de formigueiros abandonados e pedrinhas calcárias coloridas que ele amassava e também cascas de animais aquáticos que ele encontrava na praia..

Conseguiram a mais fina areia e peneiravam-na para ficar ainda mais fofa. Sobre a areia, Rhia colocou uma almofada do tecido igual a sua roupa e dentro encheu de pétalas de flores secas, que Azor recolhia sempre que ia buscar material para suas pinturas. Macio lindo e perfumado, um berço digno de um príncipe, e enquanto esperavam o nascimento dessa criança, Azor e Rhia não paravam com seus trabalhos. O iglu tornava-se um verdadeiro modelo de beleza e simplicidade.

Os trabalhos que Rhia fazia na Grande Nau, eram assombrosos. A perfeição e delicadeza das figuras tornavam o local um verdadeiro templo e sua única preocupação ela expressava para Azor:

– Azor, estas pedras que são tão fáceis de lapidar, e que faço com tanto prazer, serão muito fáceis também de serem destruídas. Gostaria de poder esculpir em algo que pudesse resistir ao tempo.

Azor não tinha o que responder, mas também gostaria que suas pinturas permanecessem intactas para que alguém, dali a milhares de anos pudesse saber como eles viviam e como sabiam fazer coisas lindas e perfeitas, mas suas tintas eram à base de água e seriam facilmente destruídas.

Rhia começou a fazer experiências com a areia e com pedaços dos formigueiros abandonados. E antes que eles secassem demais ela apanhava pedaços onde havia um cera grossa envolvendo os pedaços de terra, que só existiam muito embaixo da areia.

Como as formigas iam e vinham por todo lado, também seus túneis e formigueiros devem ir muito abaixo da superfície e é de lá que elas conseguem essa terra; assim pensava Rhia.

Então, pegava aqueles pedaços de terra cheios de cera, colocava em um pouco de água e deixava descansando por vários dias. A terra amolecia e era colocada ao sol, a cera derretia com o calor e então eram amassadas incansavelmente até transformar-se em uma "argila" macia e pronta para ser moldada.

Rhia começou fazendo uns cones iguais aos que usavam para seus jogos de mesa. Todos gostavam de jogar à noite e faziam até campeonatos que eram muito disputados. Esses cones eram feitos de pedra, eram grosseiros e lascavam facilmente, então Rhia teve a idéia de fazê-los com aquela argila que conseguira preparar.

Os primeiros já foram um verdadeiro sucesso, com cores vibrantes e extremamente duros, eram perfeitos para um jogo tão disputado.

Rhia fazia os cones com a argila, deixava-os ao sol para secarem e então preparava uma espécie de esmalte juntando os corantes a uma mistura da cera das formigas, com uma resina especial que era extraída de um tipo de cacto, mais um pouco daquela resina com que faziam o desenho da íris e assim obtinha um esmalte perfeito para impermeabilizar os cones.

Azor ajudava e fazia lindos desenhos, então, todos vinham pedir que fizessem desenhos especiais, para cada jogador, o que era feito com grande prazer, fazendo modelos lindos e originais e também inscrições com palavras estranhas,que Rhia copiava da Grande Nau.

O jogo consistia em um tabuleiro quadriculado em duas cores distintas e doze peças de cada lado que, intercaladas umas às outras, deveriam ser movimentadas para a frente, de quadro a quadro, e se fossem barradas pelo outro seriam, uma a uma, tiradas do jogo. Aquele que ficasse com a última peça no jogo ganhava a partida. Dois daqueles cones não tinham a base e com eles o jogador poderia encavalar em uma outra peça ,e assim, podia correr por várias "casas" do jogo e até passar sobre outro cone.

Todos que gostavam deste jogo procuravam por eles, para que fizessem vários desenhos diferentes em seus cones. Um queria o desenho das formigas, outro da Lua, vários queriam com as flores e eles então mudavam as cores de um para outro desenho e assim tinham muito trabalho.

Não era bem aquilo que Rhia queria e por isso continuou com as experiências, mas quando tentava fazer uma peça maior, ao ser exposta ao sol rachava e as emendas descolavam, deixando Rhia frustrada e, mais do que nunca, disposta a encontrar material durável.

Conseguiu fazer algumas jarras e tigelas, mas pequenas e lisas. Os pratos pequenos não entortavam, mas quebravam com facilidade, e assim, sempre buscando e tentando, os dois passavam os dias muito ocupados.

Rhia também fazia algumas lâminas, onde gravava sinais e escrevia sua história, a de seu povo e principalmente a de seu filho, que ainda estava para nascer e que, ela sabia, seria diferente, pois sentia em seu ventre estranhas vibrações e os sonhos eram premonições bem claras e fortes.

Assim os dias passaram ligeiros, chegou o dia de seu nascimento, e como acontecia com todas as mulheres que tinham filhos, Rhia também dirigiu-se à Grande Nau, onde ela e o bebê estariam bem seguros.

# 5

Assim que nasceu, os pais perceberam algo incrível em seus olhos. Eram amendoados como os do pai, mas eram azuis como os da mãe, porém, o mais incrível era que neles já havia um brilho de conhecimento que espantava a todos, e Rhia compreendeu que suas previsões estavam certas e que seu filho talvez fosse a pessoa tão esperada por todos.

Cresceu rápido. Aos dois anos foi classificado como pertencente à categoria dos olhos amendoados. Até os dez anos teve uma vida igual a de todas as crianças, mas então, algo incomum aconteceu.

As crianças tinham seus locais próprios para brincar, desenhar, fazer música ou qualquer outro passatempo embaixo da muralha e só aproximavam-se da Grande Nau aos quinze anos.

Era um dia igual a outro qualquer, cada qual cuidando de suas tarefas e foi com espanto que viram aquele menino indo calmamente pela alameda longa e já entardecendo, dirigindo-se para a Grande Nau.

Ninguém atreveu-se a embargar-lhe os passos, mas uma pequena multidão começou a acompanhar aquela caminhada silenciosa. Pensavam que no meio do caminho, bastante longo, ele cansar-se-ia e voltaria.

Mas qual, seus pezinhos miúdos eram propositalmente arrastados na fina areia e com um ruído rústico, mais a poeira fina que levantava da areia, parecia uma visão etérea. Às vezes dava passinhos cadenciados como a seguir uma música inaudível aos outros.

A luz do sol, já muito baixa no horizonte, lançava raios fúlgidos e o menino, a areia, as vestes, tudo brilhava. Ele parecia levitar. Todos sussurravam olhando o espetáculo inusitado, acompanhando à distância aquela figura irradiante, a curiosidade invadia a todos e a cada passo aumentava mais a multidão de pessoas que seguia o menino.

Ao aproximar-se do portão da Grande Nau parou, sentou-se com as pernas cruzadas abaixo do corpo, tombou a cabecinha de lado e assim permaneceu por longo tempo sem se importar com o escuro que começava a invadir toda a Grande Nau e tudo em volta.

Aos poucos, os mestres foram saindo da Grande Nau e aproximaram-se do menino. A um gesto do mesmo eles sentaram-se à sua volta admirados, mas não pareciam surpresos, como se esperassem aquele acontecimento estranho há muito tempo.

De longe todos presenciavam aquela cena. O menino falando e eles, os mestres, ouvindo cabisbaixos e compenetrados, como se o que ele lhes dizia tivesse um significado profundo e terrível.

Depois de muito tempo, o menino levantou-se fazendo um gesto largo com a palma da mão virada para os mestres, parecendo querer acalmá-los e depois começou a voltar por onde viera.

No dia seguinte, todos olhavam-se e perguntavam-se o mesmo. O que houve? Por que aquele garoto agiu assim?

Não sabiam e quem sabia nada falou. Passaram-se mais alguns anos e Mail sempre rodeado por alguns amigos, pois já tinha seus seguidores fiéis que, como ele, não buscavam jogos, brincadeiras ou passatempos, estavam sempre procurando coisas raras e estranhas para mostrarem a Mail.

Eram oito jovens, cinco meninas e três meninos que ficavam horas ouvindo Mail falar, cada um deles era de uma família e todos, como Mail, não ficavam junto com as outras crianças, estavam sempre buscando coisas diferentes e olhando para tudo com uma curiosidade insaciável.

Mail andava incansavelmente por todos os lados e às vezes os amigos pediam-lhe que descansasse um pouco, pois eles não tinham a mesma resistência dele que apesar de magro e alto, tinha um resistência física impressionante e todos cansavam antes dele.

Mail então ia até onde era possível ver mais de perto os formigueiros e pedia a todos que observassem o movimento das formigas que em seu labor diário, iam e vinham como se eles não estivessem por perto a esmiuçar seus modos e seus formigueiros.

– Vamos tentar seguir uma delas!

– Impossível Mail, elas são muito rápidas! Exclamou um deles.

– Não só rápidas, mas também parecem incansáveis, verdade?

– E são tantas, que não dá para seguir uma só! Exclamou outro.

– Por isso paramos aqui para observá-las. Devemos seguir seu exemplo, pois a união delas é tão forte que parecem ser uma só massa. Deslocam-se juntas para onde for o formigueiro, não questionam o mistério de suas vidas, seguem fazendo o que tem de ser feito e sabem que de seu esforço individual depende o bem-estar coletivo.

Mail debruçava-se perto do canal de água que separava as formigas da cidade, onde as flores rosáceas cresciam lindas e perfumadas e dali ficava observando o movimento incessante delas.

Todos faziam o mesmo e lá ficavam por horas sem se aborrecerem, pois realmente, observar o febril movimento das formigas era um exercício de paciência e era isso que Mail queria testar em todos eles, paciência e cuidado com tudo o que vissem e ouvissem

Mail continuava falando para todos, mas parecia que falava consigo mesmo:

– Como nós, elas comunicam-se umas com as outras sem precisarem usar a voz. Mas nós precisamos da voz quando queremos falar a muitos ao mesmo tempo e usamos uma linguagem comum a todos, mesmo com poucos recursos devido ao uso constante da telepatia, e com o som de nossas vozes um tanto truncado pela falta de uso, conseguimos nos entender. Mas, pressinto que algum dia, daqui a milhares de anos, falaremos em idiomas diferentes e não conseguiremos nos entender, estaremos tão misturados e ao mesmo tempo tão estranhos uns aos outros que, muitas vezes, nós lutaremos por simples querelas sobre o que cada um quer e que é o mesmo para todos, apenas visto de ângulos diferentes.

Todos ouviam, mas ninguém retrucava, pois eram palavras estranhas que pareciam proféticas e visionárias.

Quando completaram quinze anos todos foram para a Grande Nau, para começarem seus conhecimentos e na admissão, todos tiveram seus cabelos cortados na nuca e o restante preso daquele modo, com argolas e bem no alto, no rodamoinho.

Quando chegou a vez de Mail ele não deixou que cortassem seus cabelos. Chamaram a grande mestra, para falar com ele e saber o porquê desta decisão. Ela chegou suave, com um sorriso nos lábios e sentou-se ao lado de Mail, ficaram muito tempo conversando e todos percebiam que Mail falava mais que a mestra.

Depois de longo tempo ela retirou-se e com um gesto demonstrou aos outros que Mail sabia o que estava fazendo e mesmo sem entender, deveriam fazer como ele queria.

Sua figura era contrastante com todas as outras pessoas. Era um verdadeiro representante de todas as seis famílias, pois de cada uma delas ele possuia um traço que o tornava invulgar e com seu jeito peculiar de andar e de fazer as coisas, não passava despercebido.

Tinha os cabelos muito crespos, bem mais crespos do que os do pai, mas eram dourados como os da mãe, tinha os olhos amendoados mas eram verdes, sua pele era mais amarela que branca, sua boca tinha o formato de um pequeno coração, sua compleição era um tanto franzina e sua estatura era mais alta que baixa.

Enfim, tinha um pouco de cada família.

Todos já o conheciam e agora sabiam, como os pais dele, que desde que era pequeno jamais olhou o sol e mesmo assim sua energia era grande e usava a telepatia tanto quanto os outros. Comia e bebia até menos que todos e seus olhos tinham um brilho ainda mais intenso.

Quase não dormia e não parava de consultar os mapas e tentar decifrar todos eles. Durante três anos não saiu da Grande Nau para nada, seus amigos tentavam levá-lo para um passeio ou para ver um jogo, mas qual, desaparecia por entre as rampas e salões e ninguém quase sabia dele

Assim ele viveu por três anos, totalmente entregue ao estudo e a conhecer os segredos guardados em lugares os mais estranhos, conseguindo mostrar aos mestres que ele estava descobrindo segredos até então guardados e indecifrados, mas que de alguma forma, eram esperados e temidos.

E então, assim como entrou, saiu da Grande Nau, mais delgado que nunca e começou a andar por toda a cidade, falando com um e outro, seu vulto alto e esguio, era divisado por todos os lados e estava sempre rodeado de crianças e jovens, que adoravam ouvir suas pequenas histórias.

Os amigos o acompanhavam e percebiam um olhar de preocupação muito grande, um medo de algo que não saberiam explicar. Saiu da Grande Nau outro homem. Sorria sempre, mas tinha um olhar melancólico que nada fazia mudar, seus cabelos longos e cheios de cachinhos, esvoaçavam com o menor vento e suas vestes que ele amarrava com longas faixas, envolviam sua figura num halo de mistério e encanto...

# 6

Azor sempre precisava ir até a zona dos arbustos, pois ali encontrava algum corante novo para suas tintas. Ia junto com os rapazes e moças que cuidavam dos mesmos. Passavam pela ponte elevadiça e iam até os arbustos e enquanto eles podavam ou recolhiam folhas secas, ele ia até perto das águas com muito cuidado para não pisar nas formigas.

Sempre encontrava pequenas pedras, minúsculas lascas coloridas e cascas de animais das águas e rápido enchia uma sacola. Ficava tão absorto em suas catanças, que chegava-se à água sem perceber. Antes de ir embora enchia uma das mãos com aquela água cristalina e mitigava a sede que o calor do sol trazia àquela hora, mesmo quase noite.

Abaixou-se fez uma concha com a mão direita, pegou um tanto de água e levou à boca. Sorveu de um só gole como costumava e num engasgar rouco, largou a sacola de lado e correu para junto dos outros.

– A água esta salgada... a água é salgada...

Gritava ele para os outros que simplesmente o olhavam sem entender do que ele falava. Cambaleando retornou pela ponte elevadiça e voltou assustado para casa, deixando os outros atônitos, sem compreenderem o que havia ocorrido.

Entrou e foi contando para Rhia sem esperar o olhar de compreensão.

– A água... Rhia... a água... é salgada...

Angustiado tomou um gole da água do vidro redondo, sentou-se num dos bancos e recostou a cabeça no peito de Rhia que rápida, achegou-se a ele.

– Calma... calma... Descanse um pouco, depois você fala.

Não estavam acostumados a falar e a voz enrouquecida pela água salgada era gutural e ela também estava aturdida, sem entender aquela angústia de Azor.

Aos poucos ele foi se tranquilizando, recostou-se nas almofadas e sem olhar direto para Rhia começou a falar:

– Sempre que vou até lá, na faixa de areia, fico distraído procurando as pedrinhas e sempre chego até a água, pego instintivamente um tanto dela com a palma da mão e levo à boca. O doce sabor da água do lago, tão transparente e azulada, sempre me deu um grande prazer e hoje... Parou, como se ele mesmo não acreditasse naquilo que acontecera...

– O que houve Azor, conte, pedia ela.

– A água... gaguejou ele... a água... estava salgada...

– Vamos Azor, sua mão provavelmente pegou alguma pedra calcária, elas têm um sabor levemente amargo, sempre que trabalho com elas, sinto um leve sabor de sal.

– Não, eu passei a mão na água diversas vezes, a mão estava limpa...

– Bem, deve haver alguma explicação, disse Rhia.

– Amanhã irei com você até lá. Agora descanse, já é quase noite e o calor ainda é muito forte.

Rhia pensou que talvez ele tivesse tomado muito sol, provocando alguma alucinação, não era incomum alguém sofrer alucinações, quando ficavam tempo demais debaixo do sol forte.

Deitaram-se lado a lado no grande degrau e Rhia ficou olhando saudosa o degrau mais estreito em que Mail dormiu até os quinze anos, e depois que ele foi para a Grande Nau, jamais retornou, encontrando-se com os pais somente lá ou então durante seus longo passeios.

Levantaram-se bem cedinho e foram para a muralha, renovar suas energias. Depois cuidaram de outros afazeres e combinaram encontrar-se às cinco horas em frente à ponte elevadiça, que era abaixada somente nesse horário, pois as formigas, que não paravam nunca, nesta hora, o que era incrível, pareciam "saber" que eles iam para fora cuidar dos arbustos. E elas "deixavam" eles irem cuidar sossegados, como se fossem "empregados" para isso, mas não paravam completamente, apenas davam voltas maiores e não iam até os arbustos. Por isso Azor conseguia ir até a água e procurar suas pedrinhas e cascas de estranhos animais aquáticos.

Os jovens já estavam cuidando dos arbustos e olharam Azor e Rhia com espanto, mas não intervieram quando os dois aproximaram-se da água. Ficaram observando, pois não esqueceram a cena do dia anterior.

Rhia parecia puxar Azor pela mão e ele parecia incrédulo com o que havia acontecido.

– Eu sei que não sonhei, você me ouviu contar!

– Pronto Azor, já estamos aqui, não fale mais, eu o entendo.

Chegaram perto da água que, suave e límpida, tremeluzia à luz já mortiça do sol que sumia no horizonte. Rhia abaixou-se fez uma concha com as duas mãos e sorveu um gole de água.

Ficou ali muda somente olhando o resto de água que escorria pelas mãos.

Azor, sem conter-se mais, pergunta, como que afirmando:

– É salgada, não é?

Rhia virou-se para ele, com as mãos novamente cheias de água e diz:

– É doce... prove!

Sem entender, ele abaixou os lábios até as mãos dela e provou....

– É doce... então...

Os dois ficaram se olhando fixamente e nenhum deles tinha uma resposta para o outro, não conseguiam entender o que estava acontecendo e sabiam que isso não era natural.

Voltaram para casa e deixaram o assunto de lado, continuando com seus trabalhos, mas em seus corações um aperto de angústia, oprimia seus dias. Passaram alguns dias, Rhia e Azor, como sempre, estavam na muralha olhando o sol, Rhia tinha uma das mãos segurando a de Azor e percebia um leve tremor nela.

Depois do tempo de fixação cada qual seguia seu caminho. Rhia falou:

– Venha Azor... Vamos.

Azor parecia embriagado pela luz e fez apenas um gesto para que ela se fosse. Queria ficar mais um tempo, pois alguma coisa indefinida, apertava seu coração, dizendo que não fosse embora.

Rhia sabia que às vezes a necessidade de ficar mais tempo ali era comum, e respeitando a vontade de Azor, retirou-se deixando-o sozinho na enorme muralha que nem sempre ficava tão deserta.

Azor ficou ali sentado, mas não fixava mais o sol. Seus olhos percorriam a muralha e a água logo à frente, parecia esperar por alguma coisa que ele tinha certeza, estava para acontecer, alguma coisa fora do comum que ele não saberia explicar.

De repente, começou a sentir um leve tremor e percebeu que a muralha toda trepidava, balançando perigosamente.

Assustado olhou para a água e viu umas bolhas e fumaça revolvendo a tranqüila superfície. Foram apenas alguns minutos, mas pareceu-lhe uma eternidade.

Tudo voltou ao normal, menos ele. O coração parecia bater nos ouvidos, as mãos tremiam e teve que esperar um bom tempo para sentir as pernas firmes e poder andar. Foi segurando pelos degraus que conseguiu sair dali, zonzo como se estivesse drogado.

Foi para casa e ficou ali sentado, meio recostado no grande degrau, e assim passou todo o dia até que Rhia chegou, e quando ela viu o estado de Azor, não atreveu-se a lhe perguntar nada.

Não precisaram falar. Os olhos de Azor, enormes e parados transmitiam a Rhia todo o medo e perplexidade que sentia.

Rhia entendeu, sentou-se ao seu lado e assim passaram a noite. Foram pela manhã, como sempre, para a muralha e Azor tremia imperceptivelmente.

Chegaram um pouco atrasados e tiveram de ficar em outros lugares para não atrapalhar os que estavam fixando o sol.

Depois do tempo de fixação todos foram embora e os dois foram para seus lugares normais. Sentaram e ficaram ali mais um tempo. Nada aconteceu. A tranqüilidade de sempre envolvia a muralha, somente alguns retardatários ficavam lá no fim da muralha, cantando, embalados pelo som de suas próprias vozes.

Olhavam-se angustiados e Rhia argumentou que deveriam ir à Grande Nau procurar por Mail e expor-lhe os acontecimentos que não conseguiam entender. Talvez fosse importante relatar esses acontecimentos a ele.

Eles sabiam que o filho era o homem que todos esperavam há muitos séculos, porque desde pequeno demonstrou uma inteligência incrível e lá, na Grande Nau, todos tinham certeza disso, pois as coisas que Mail estava descobrindo e mostrando a todos eram realmente incríveis e ninguém ainda havia feito estas coisas.

# 7

Quando seus pais vieram até a Grande Nau para exporem seus temores, ele apenas ouviu e mandou-os para casa sem dar explicações, apenas acalmou-os, prometendo verificar o que estava acontecendo.

Como acontecia sempre, a reunião de todos para festejarem e admirarem toda a beleza da lua cheia, era naquela noite e Mail chamou os Mestres, seus oito amigos e disse a todos que naquela noite iria colocar todos eles a par da enorme verdade que ele já sabia, mas que confirmou nos documentos que leu.

A festa era realmente uma verdadeira homenagem que faziam àquela beleza tão emocionante que era a lua cheia, enorme, clara e exuberante, num céu de tantas estrelas que parecia não haver um mínimo espaço sem elas. O dourado de tantas estrelas, misturava-se ao clarão da lua e eles viam as coisas tão claras como se fosse o dia.

Colocaram vasos enormes na entrada da Grande Nau e dali saía um vapor perfumado e fresco que ajudava a umidificar o espaço e em todos os cantos, vários outros vasos que soltavam o mesmo vapor fresco e perfumado.

Iam chegando aos poucos uns a pé, outros nos bancos móveis e quando a lua elevou-se a um quarto do céu, todos já lá estavam.

Som sem palavras ou palavras não articuladas começaram a ser entoados e o vento morno que soprava na Grande Nau assobiava parecendo acompanhar as estranhas melodias entoadas, e envolvia-se sorrateiro com os vapores dos vasos.

Esses vasos, soltando vapores frescos por toda volta, tornavam o ambiente enternecedor e suave, deixando a todos enlanguescidos; recostavam-se nos arbustos, sentavam-se na fina areia, alguns até deitavam e ali ficavam embevecidos com tanta beleza. A Grande Nau parecia flutuar saindo da meia escuridão e pairando suave por entre os vapores que agora invadiam tudo.

Um leve cheiro adocicado indicava que algum perfume havia sido adicionado ao vapor, este perfume invadia as narinas e o torpor suave que sentiam era agradável e excitante.

Alguns poucos retardatários chegavam nos bancos móveis e acomodavam-se por entre os amigos que cantavam enquanto esperavam por Mail.

Os bancos em que eles chegavam continuavam a rodar, não paravam nunca, mesmo que não os usassem continuavam a rodar sobre uma esteira que saía debaixo da muralha, seguia ao lado dos pequenos lagos em volta da alameda que ia direto para a porta da Grande Nau e lá davam a volta no jardim que tinha um grupo de cactos os mais variados, arbustos com flores rosáceas e então voltavam, sem parar, pelo outro lado seguindo a alameda até o fim da grande muralha e lá entravam para baixo dela.

A muralha não era apenas os degraus para olharem o sol. Era também uma casa de máquinas, de onde a água era impulsionada para todos os lados. Da parte mais baixa saía o canal que dava volta em torno da cidade e que era o depósito que controlava o nível e desnível das águas. Deste canal saiam outros menores que circundavam os blocos de cinco ou oito casas. Às vezes a água ficava na superfície, outras corriam por baixo de pontes, túneis e varandas, o que amenizava um pouco o calor intenso.

Estavam ali há milhares de anos e já ocupavam quase a metade do atol. Tudo era imaculadamente branco e limpo. Os arbustos e flores seguiam sempre a volta dos canais. E bem lá no fim, onde o canal maior separava a cidade do resto do atol, fizeram uma ponte móvel que descia e subia sobre o canal e assim eles podiam ir até o outro lado, sempre à tarde quando as formigas rareavam suas constantes idas e vindas. Podiam ir até a beira da água, recolhiam da parte mais rasa entre a areia úmida, braçadas de taboa e as levavam para dentro e também recolhiam galhos de diversos arbustos que eles cortavam, para facilitar o trabalho das formigas. Todos gostavam de ir até lá, pois podiam observar ao longe as elevações de areia onde o vento brincava, movendo-as de cá para lá. Nunca estas elevações estavam no mesmo lugar. Pela manhã ficavam à esquerda, à direita ao entardecer, mais altas, mais baixas, mais compridas, brancas ou douradas, enfim, um espetáculo que todos adoravam.

A lua já estava alta quando no meio da Grande Porta, sobre uma tribuna, colocada lá para que se sobressaísse e todos pudessem ver aqueles que lá fossem se apresentar, alguns mestres postaram-se ao lado deixando o centro livre. A tribuna ficava bem abaixo da porta que era feita em degraus, parecia uma porta atrás da outra. Eram oito delas com uma distância entre uma e outra, entre elas existia como uma concha daquele mesmo material branco e flexível. Qualquer ruído que faziam naquela tribuna era aumentado muitas vezes e repercutia com uma acústica perfeita.

Quando Mail, que estava bem no meio dos mestres adiantou-se e começou a falar, até o último deles ouvia sua voz tranqüila e suave, como se ele estivesse ao lado de cada um.

– Hoje devo dizer para todos vocês, algo que no fundo está adormecido, mas está dentro de cada um, aquilo que os nossos antepassados queriam transmitir a todos e que quando chegasse a hora decisiva, cada qual teria dentro de si, a força e a coragem que todos os antepassados sempre tiveram, e que algum dia seria posta a prova.

E continuou:

– Todos nós pertencemos a uma raça de seres, que percorrem este universo de estrelas que podemos observar. Somos uma das porções que a milhões de anos chegou a este planeta, saindo de outro que já não podia mais lhes proporcionar meios de sobrevivência. Outros, com certeza, estão em algum outro planeta, talvez à espera de nossa chegada. Mas apesar de já estarmos vivendo aqui a milhões de anos, ainda não é chegada a hora de podermos sair deste planeta. Quando aqui chegaram nossos antepassados não conseguiram estabilizar a Grande Nau e ela perdeu pedaços importantes e daqui não puderam mais sair. Eram 600 ao todo e ficaram todos morando na Grande Nau, até que chegaram a ser 3000. Então, como já conheciam bem os costumes das formigas e já tinham construído uma boa parte da muralha, começaram a erguer as casas e os novos casais iam para lá. Ficavam tão bem acomodados que aos poucos todos foram fazendo suas casas e na Grande Nau, restaram apenas os Mestres, os estudantes e os que tentavam decifrar tantas coisas enigmáticas. Conseguimos desvendar mapas e instruções valiosas e a partir de agora, vamos começar a por em prática vários trabalhos que nos ajudarão no futuro. Quando vocês chegarem às suas moradas vão começar a fazer o que vou mostrar para todos agora.

Assim falando virou-se para o lado e com as mãos apanhou num só gesto todos os cabelos, formou como um rabo de cavalo e abaixou a cabeça em direção a um dos mestres que, com um pedaço de plástico afiado, qual uma navalha cortou rente à cabeça todo aquele cabelo cheio de cachinhos dourados.

Um oh!... abafado percorreu a todos e ficaram a espera de que ele lhes explicasse o motivo de tal gesto.

Com aquele rabo de cabelo dourado e muito comprido (*nunca havia cortado seus cabelos)* balançando em uma das mãos, Mail retomou a palavra:

– A partir de hoje nossos cabelos serão muito importantes para nossa futura viagem e, com eles, todos vamos confeccionar, adicionando os cabelos de nossos antepassados (*que estão nas caixinhas*), que para isso foram preservados, algumas tranças que servirão de cordas. Façam de vários tamanhos e grossuras, pois elas serão de muita ajuda.

– Essa é apenas uma das tarefas que temos de realizar a partir de agora e temos uma data prevista para começarmos a sair daqui.

Novamente um oh!... abafado percorreu todos os recantos...

– Como... sair daqui!!!

A voz de Mail parecia levemente trêmula, mas a confiança e a certeza do que falava, forçou todos a se acalmarem.

– Temos ainda bastante tempo para nos prepararmos para o êxodo, mas isso é inevitável e todos devem seguir as instruções que forem sendo distribuídas. Serão muitas as coisas que teremos de executar, mas não devemos ficar assustados, pois o medo destrói a confiança, e precisamos confiar que faremos tudo o que for necessário para nosso êxodo. Vamos aproveitar essa linda noite, depois vamos para casa e iniciar nossa primeira tarefa. Tenho muitas outras coisas para falar a vocês, mas temos tempo ainda e tudo deve ser feito com calma e segurança.

O silêncio era maior que todo o resto e assim começaram a retornar para suas casas, completamente desarvorados, pensando que talvez aquilo que ouviram não fosse tão assustador como parecia.

# 8

No dia seguinte na muralha, todos olhavam o sol, mas estavam murmurando seus cânticos automaticamente, não pareciam sentir nem estavam à vontade, parecendo aéreos e distraídos, como que olhando sem ver.

Olhavam-se ao retornar para casa, mas ninguém tinha o que falar. Como poderiam discutir coisas tão estranhas, com alguém que parecia destinado a decifrar o enigma de suas vidas e não fazer o que lhes fora pedido? Ninguém tinha como discutir os sábios conselhos de quem parecia conhecer segredos até agora ocultos, que demonstrava por seus atos e palavras, que sabia o que fazia.. Deixaram todos os outros afazeres de lado e foram para suas casas.

Ali pegaram as caixinhas e todos tinham várias delas, abriram-nas e ficaram imóveis olhando os cabelos que pareciam ainda vivos. A caixinha não deixava penetrar o ar e assim os cabelos estavam em perfeitas condições. Pegavam os cabelos com carinho e as lembranças eram gratas e reconfortantes. Os antepassados afinal estavam sempre presentes e de forma indireta, estavam sempre atuando em suas vidas. Suas vestes, suas casas, seus adornos, a muralha, a Grande Nau, tudo enfim, tinha e essência deles.

Pareciam seda e foi com prazer que cortaram seus cabelos para entrelaçarem com eles. Faziam tranças fininhas, outras mais grossas e todas elas pareciam delicados cabos de aço que, com certeza, seriam muito necessárias para onde quer que fossem.

Retomaram seus afazeres e a vida tornou a ser calma e tranqüila, mas estavam mais atentos e prestavam atenção a tudo que acontecia, esperando algo indefinido e incomum.

Alguns cobriam a cabeça com capuzes, outros amarravam o resto dos cabelos com fitas, outros passavam aquele gel grosso com que faziam vários artesanatos e o cabelo ficava grudado na cabeça e a partir daí, começaram a ficar diferentes uns dos outros.

Agora, as reuniões a cada quatro luas eram esperadas com uma ansiedade indisfarçável. Os segredos há tanto tempo adormecidos, estavam ficando a descoberto e tinham medo do que estavam antevendo, do que iria acontecer.

Na última reunião ficaram sabendo que a família dos olhos oblíquos que eram minoria, ia ser a primeira a partir. E todos deveriam contribuir de alguma maneira para que nada faltasse a eles. A comunidade inteira começou a ajudar nos preparativos. A lista das coisas que todos tinham de fazer seria recebida esta noite e as instruções de como fazê-las eram muito importantes. Seguiam em grupos para a reunião e como sempre, entoavam sons inarticulados e a melodia agora parecia um tanto melancólica.

Sentaram-se na fina areia e nem aquela noite tão esperada, com o vento suave marulhando em suas vestes, que pareciam refletir o fulgor dourado de tantas estrelas, conseguiu fazer retornar a magia e a beatitude de outras vezes.

A paz e a tranqüilidade há tanto tempo usufruídas, contribuíam para aquele estado de espírito aéreo e, ao mesmo tempo, preocupados com o futuro, embora o medo de todos fosse muito grande, sabiam que não havia como escapar desse acontecimento e que deveriam isso sim, preparar-se do melhor modo possível.

Parecia que o futuro era agora e isso exercia uma pressão além de suas compreensões. Se não houvesse os mestres a guiá-los, não saberiam o que fazer, e sem as orientações dadas por Mail, não teriam condições de pôr em prática todos os preparativos necessários, para o que anteviam ser um descomunal e formidável acontecimento.

Então aproximavam-se mais da Grande Nau na busca de segurança e compreensão. As reuniões eram importantes e todos ficavam bem atentos a tudo o que os mestres falavam. Cantavam e brincavam como sempre e somente o bater de seus corações tinha um ressoar surdo, que repercutia em seus ouvidos.

Mail começou naquela noite a dar as primeiras instruções e os primeiros detalhes do que deveria ser feito primeiro. Começou falando sobre quem eram e o que deveriam saber sobre seus antepassados.

– Nós todos somos descendentes de um povo admirável que jamais sucumbiu aos revezes e que suportou as maiores dificuldades, para que a futura geração tivesse milhares de anos de paz, tranqüilidade e segurança. Conseguiram nos trazer até aqui e nos deram "armas" para vivermos bem e tranqüilos, mas também deixaram informações e avisos de que algum dia, os futuros descendentes teriam de ter a mesma coragem, dignidade e inteligência deles.

– Pois bem. O primeiro sacrifício que nos é colocado tem um gosto amargo, mas temos que confiar que será para o nosso bem. A partir de agora, e por três anos, nenhuma criança deve nascer. Os olhos oblíquos foram escolhidos para irem primeiro porque eles são poucos e quase não têm crianças. Portanto, daqui a um ano eles atravessarão a água e não irão regressar de forma alguma, mesmo porque não ia adiantar nada. Aos poucos, todos teremos que sair daqui. Os primeiros sinais de que temos de abandonar este paraíso, já são visíveis. As águas ao nosso redor já estão sendo invadidas por correntes de água salgada e os tremores de terra também já são sentidos. A mudança das estrelas no céu é insignificante, mas sabemos que o sol está entrando na maturidade e soltou seus últimos raios supraverdes há milhões de anos e só agora a terra deixará de receber esses raios, terá revoluções terríveis e de sérias conseqüências para nós. Ela mudará seu eixo o que implicará no avanço da água salgada sobre a terra. Devemos sair daqui, pois a água salgada irá invadir tudo e como somos uma "casca" sobre vários buracos feitos no decorrer de milhares de anos, tudo irá desmoronar e não sobrará nada do que temos feito para que pensemos em voltar para cá. Devemos seguir as instruções e saber que da nossa coragem e inteligência depende a continuidade de nossa raça aqui neste planeta.

– Temos que fornecer mochilas para que cada um tenha seu suprimento de sobrevivência e já começamos fazendo as cordas. Aos poucos iremos fazendo tudo que for preciso para nossa jornada. Não poderemos levar nada do que possuímos, a não ser comida e coisas que nos ajudarão na jornada, tal como as cordas, as mochilas e algumas coisas para acomodar as crianças e para dormirmos. Nada de supérfluo ou desnecessário para nossa sobrevivência, pois teremos que enfrentar caminhadas extensas e desconhecidas, portanto não devemos levar muita coisa, quanto menos peso carregarmos, mais fácil será a jornada.

Já era informação demais para qualquer um e foram para casa com a cabeça girando, sabendo que Mail estava falando com suavidade e que tentava dar tranqüilidade a todos, amenizando os futuros acontecimentos, mas percebiam entre suas palavras, que não seriam nada tranqüilas essas futuras mudanças.

# 9

A segurança e a paz que há milhares de anos eram consideradas bens perenes, de repente, parecem estar ameaçadas, e para quem nasceu, cresceu e sempre ouviu falar de paz, tranqüilidade, bem-estar e segurança, ficava difícil imaginar o que seria uma vida de perigos e estranha, onde cada qual deveria estar atento e cuidar para que os outros não ficassem perdidos.

Não ter filhos durante três anos não parecia ser um sacrifício tão grande, afinal já eram tantos, e com os últimos acontecimentos, ninguém realmente gostaria de ter filhos pequenos, num enorme caminho sem fim, imprevisível e inseguro.

Providenciar alimentos também não era difícil, pelo que eles comiam poderiam levar comida para anos, não sabiam ainda que não mais teriam o sol, nem as formigas por perto.

E assim pensando, todos tratavam de cuidar para que nada faltasse para os próximos e para todos, porque aos poucos iriam embora, e essa certeza eles captavam na expressão e nos olhos azuis de Mail.

Os mais jovens, entusiasmados com novas aventuras, imaginavam e punham em prática mochilas modernas, cheias de bolsos, alças e redes para colocarem seus mais recentes objetos, sem darem-se conta que não haveria mais tempo para pequenos e agradáveis passatempos.

Enfim, todos estavam tão atarefados com pequenos problemas que nem de longe imaginavam o que lhes reservava o futuro, sabiam apenas o que Mail lhes falava e ele não demonstrava medo, apesar de sentirem em alguns momentos, uns lampejos de insegurança e fraqueza.

Na Grande Nau, Mail, sempre rodeado pelos oito amigos, os mestres e mais alguns que realmente percebiam o perigo das próximas décadas, ficava conversando horas em busca de soluções, sabendo que das suas providências dependeria o futuro de todos eles. Conseguiram encontrar muitos mapas e livros e Mail não parava de estudar e consultar os mestres.

Mail falava e todos sabiam que deviam acreditar em suas palavras, porque jamais alguém conseguiu desvendar algum dos segredos e parece que Mail, além de desvendar, saberia conduzi-los para onde quer que fossem. Não queriam e nem sequer sonhavam em discordar de suas palavras.

– Precisamos colocar os olhos oblíquos a par de tudo que sabemos para poder ajudá-los e como ainda não temos uma barca segura para a travessia, temos de começar a construir uma em que caibam, no mínimo, quinhentas pessoas, para que assim possamos fazer uma ou mais viagens por dia.Portanto, vamos começar já a construção de uma barca. Para isso precisaremos de muito material e provavelmente teremos de demolir parte da muralha e destelhar algumas casas, mas os moradores podem vir morar aqui na Grande Nau.

Em todo esse azáfama e indefinido mal-estar que incomodava a todos, Azor e Rhia pareciam dois felizes pombos a arrulhar.

Quando ouviram as palavras de Mail deram-se conta de que Azor não havia tido alucinações, de que ele estava perfeitamente lúcido e a felicidade e alegria dos dois espantava aos inquietos e preocupados vizinhos e amigos.

Olhavam-se profundamente um mais emocionado que o outro e por muitos dias não se largavam para nada. Jamais imaginaram que uma notícia tão assustadora como a que Mail lhes dera, seria tão auspiciosamente recebida e que ficariam tão felizes com as explicações dadas sobre os acontecimentos de que Azor fora testemunha. Passavam os dias trabalhando e cada qual cuidava para que o outro tivesse tudo à mão.

Rhia pegava suas esculturas e achegava-se a ele, sentavam-se nos bancos em frente à meia jarra onde a água cristalina continuava a correr e em seus olhos havia uma mesma indagação:

– O que será de nossos trabalhos? Não poderemos levá-los, com certeza! Era Rhia quem assim indagava, como a si mesma.

– Não fique assim! Onde quer que tenhamos de ficar, com certeza deverá haver barro e pedras. Tenho certeza também de que para qualquer lugar que formos, sempre encontrarei tintas e corantes para fazer meus desenhos.

– Você está certo e não vou ficar aqui sem fazer nada. A partir de agora vou começar a ficar sempre junto de Mail e tentar ajudar do melhor modo que puder, pois, com certeza, o trabalho não será pouco.

– Então vou com você. Retrucou Azor.

Sem esperar a resposta de Rhia, começou pegando seus pincéis e algumas tintas, que sabia iria precisar lá na Grande Nau, pois não queria deixar de pintar, colocando-os em um pequeno estojo, colocou no ombro com um barbante amarrado, para que não caíssem e saiu resoluto da pequena casa que havia herdado de sua avó e da qual gostava tanto.

Deram um grande olhar de despedida para aquela aconchegante casa que lapidaram, esculpiram e pintaram durante tantos anos e onde foram felizes até então e, depois, sem falar nada, dirigiram-se para a Grande Nau.

Assim que adentraram a enorme porta viram vários grupos falando e pareciam não se entender. Não estavam acostumados com um alvoroço tão desencontrado e ficaram um tempo parados. Então, viram Mail e os oito amigos chegando.

Todos viram e um silêncio entremeado de sussurros, vibrou pelas paredes, pelos nichos e colunas, murmurando baixinho cada qual com uma proposta nos lábios cerrados.

Mail foi logo falando:

– Temos de entrar em acordo quanto à construção da barca que irá levar-nos até o outro lado. Não podemos esperar mais. Ainda temos muito tempo, mas somos muitos e a travessia não é pequena. Por isso quero que vocês encontrem o melhor local para erguermos a barca.

Todos começaram a falar ao mesmo tempo e os mestres, que ficaram entre as colunas apenas observando, meneavam a cabeça incrédulos com o que estavam vendo, cada qual indicando um local diferente e as palavras, mal pronunciadas e roucas, faziam uma algazarra incrível.

Mail tentou controlar a situação, mas era difícil alguém escutar algo no meio daquelas vozes alteradas pela emoção e querendo cada um encontrar a melhor solução, ficavam discutindo sem chegar a nenhuma conclusão.

A situação parecia incontrolável e foi então que, para espanto de todos, alguém subiu em um banco e, acima da cabeça de todos, deu um altíssimo e agudo assobio, que deixou a todos surpresos e mudos

Era Rhia. Começou a falar baixo e controlada.

– Calem-se todos, não estamos aqui para discutir, mas sim, para encontrar a melhor solução. Portanto, vamos estender o mapa sobre a mesa e descobrir o lugar mais calmo para nossa tarefa, que não será fácil levar a bom termo se, desde o início, cada qual quiser do seu modo.

Assim falando, tomou das mãos de Mail, o que ela havia observado ser um mapa, abriu-o sobre um bloco de pedra lisa e brilhante e com o dedo mostrava o mapa e falava. Todos atônitos com aquela intervenção e aquele som, que nunca haviam ouvido antes, aproximaram-se cautelosos.

E Rhia continuava a falar:

– Todos nós conhecemos bem nosso atol e o único lugar viável e de fácil acesso é o jardim, atrás da Grande Nau. Os bancos-móveis servirão para transportarmos as placas, os cactos precisarão ser cortados e há alguns com troncos fortes e grossos que podem ser aproveitados para diversos fins, pois a barca necessitará de mastros e a estrutura, com certeza, também irá precisar dos troncos de vários deles.

– As turmas para trabalharem e ajudarem na construção devem ser formadas pelos que sabem como deve ser feito. Os que querem ajudar, mas não sabem como fazer, devem esperar que sejam solicitados, acompanhar com atenção o que estiver sendo feito e estar prontos para ajudar.

Depois de falar, deixou o mapa sobre a mesa e começou a separar os grupos, colocando um para cá, outro para lá, sabendo perfeitamente o que fazia.

Ninguém protestou e foram aos poucos formando grupos de pessoas que ela sabia tinham um mesmo tipo de trabalho, pois ela conhecia a todos e como não havia ninguém que soubesse fazer o que era necessário, precisariam ser dirigidos por Mail, e Rhia queria ajudar.

Azor, por exemplo, ficou ao lado dos jovens que precisavam de alguém que os ajudasse a descobrir em que estavam aptos a ajudar e, na verdade, estavam simplesmente pasmados, com tanta agitação.

Rhia, com segurança e calma, falava a um e a outro, até que Mail aproximou-se dela e pegando-a pela mão, encaminhou-se para um lado. Seu olhar demonstrava admiração apesar de não estar surpreendido, pois já notara o vulto de sua mãe, por várias vezes, nos mais estranhos locais, dentro da Grande Nau. Rhia acompanhou-o, agora um tanto trêmula, pois, na verdade, jamais imaginou que poderia tomar uma atitude como aquela.

# 10

Rhia sempre foi uma menina solitária e até os quinze anos só saía com os pais. Eles tiveram a filha já mais velhos. Os dois estavam com vinte anos, quando ela nasceu e era cuidada com paciência e sabedoria, foi uma criança obediente e linda, sempre ajudando a mãe ou o pai quando iam colher as pétalas de flores que já estavam secas.

Aos quinze anos, quando entrou pela primeira vez na Grande Nau, encontrou seu maior tesouro, as esculturas. Entregou-se totalmente ao ofício e eram impressionantes a perfeição e o sentimento que conseguia transmitir em seus trabalhos. Os mestres ficavam admirados ao ver uma menina tão delicada, fazendo trabalhos fortes e de uma expressão tal, que suas figuras pareciam vivas. Pensou que nada mais conseguiria tirá-la da Grande Nau. Então, conheceu Azor, depois veio Mail, e um pequeno intervalo deu ainda mais força às suas obras.

Andava por todos os recantos da Grande Nau, sem que ninguém lhe impedisse os passos e foi conhecendo todos os maravilhosos engenhos que conservavam apesar dos milênios de uso, uma impressionante precisão e aos poucos conseguiu que os mestres colocassem em suas mãos verdadeiros segredos sobre quase tudo.

Aprendeu a manobrar e a pôr em prática todos os métodos estranhos que os mestres haviam herdado dos antepassados e aqueles gravados em vários materiais, inclusive copiava vários documentos em materiais diferentes, mesmo sem entendê-los, e cuidava de não perder nenhum detalhe que talvez modificasse completamente o sentido do que estava nas estranhas palavras e sinais.

Os mestres, os aprendizes, os que iam lá para ajudar em várias tarefas tratavam-na como a uma grande mestra, e era com ela que os mais jovens aprendiam a fazer vários trabalhos, principalmente quando tratava-se de preparar condimentos e cremes curativos.

O lugar que ela mais procurava estar era a cúpula da Grande Nau. Para chegar até lá tinha de fazer muito exercício, pois eram escadas e rampas altíssimas. Havia um trecho que possuía um vagão estranho, com bancos estreitos e um tanto apertados, com uma argola que era puxada para a frente e depois fixada a um cabo, o qual era acionado por uma alavanca e o vagão subia até a cúpula. Mas ela preferia subir pelas escadas, porque assim, com seus olhos aguçados, veria qualquer falha que porventura estivesse ocorrendo ou então descobriria novos segredos.

Aprendeu a fazer as misturas para o descarnar, também sabia como fixar as íris no pequeno cartão, enfim não havia mais segredos para ela ali dentro, e só esperava Mail decifrar algum documento para copiá-lo em vários materiais diferentes. Usava sempre as pedras calcárias, que existiam aos montes, pois saíam dos buracos feitos para encherem de água.

A cúpula era um lugar especial tanto de dia como à noite. Durante o dia, o sol seguia a linha que, como um anel, circundava a cúpula. O calor era absorvido pela camada de água que corria incessantemente pela cúpula, a qual com certeza, era feita em duas camadas. À noite, aquela camada de água, aumentava o tamanho das estrelas e da lua, parecendo que podia-se pegá-las com as mãos, tornando o céu uma perfeita vitrine de jóias exuberantes que refulgiam maravilhosas.

Rhia nunca havia trazido Azor para conhecer o lugar, pois ali só chegava quem procurava maiores conhecimentos. Não era proibido para ninguém, mas não era simples curiosidade que levava alguém a subir até lá. O caminho era árduo e perigoso. Nas cabines todos já haviam estado, subindo pelas rampas suaves que saíam de salões no centro da Grande Nau e deslizavam vagarosamente até os corredores de onde saíam as cabines. Portas ovaladas como escotilhas, circundavam todo o corredor e ao passar pela abertura, entravam nas cabines e uma porta fechava-se assim que as cadeiras eram usadas. Assim que sentavam-se nas cadeiras um leve tremor no chão tinha início, atingindo cadeiras e painéis. Parecia que a qualquer solavanco maior a cabine se desprenderia e seria lançada ao espaço.

Poucas pessoas adentravam às cabines, a própria Rhia não era apreciadora daquela sensação de flutuar e preferia ir até a cúpula, não só por parecer sólida e estável, mas também porque dali, o céu e o horizonte eram só seus. Ali, Rhia encontrava enigmas dignos de um gênio como Mail. Ela porém, tinha suas próprias conclusões e isso bastava para ela.

"Aquela linha larga que circundava o lado interno da cúpula, seguia incansavelmente o movimento do sol, era dourada e tinha sinais gravados em toda sua extensão. A linha que parecia ser de metal movia-se imperceptivelmente e era vista do lado de fora com um brilho sempre intenso. Bem no começo dessa linha de metal, do lado onde o sol nasce, havia gravada indelevelmente a coroa de um sol com seus raios e um desses raios era bem maior, projetado para longe do disco solar, e era verde. Logo a seguir, uma estrela com tantas pontas que dava a idéia de explosão. A seguir, o desenho de uma nave espacial bastante parecida com a Grande Nau na parte de cima onde ficava a cúpula e as cabines do disco. Por fim, um mapa de um planeta onde delineavam-se várias linhas e marcas, e havia também um pequenino ponto demarcado dentro de uma massa enorme e que ela instintivamente julgava reconhecer como sendo seu querido atol."

Rhia deitava-se no divã que existia bem no meio do chão sob a cúpula e lá ficava, tentando desvendar o significado de tudo aquilo, sonhando de olhos abertos, procurando descobrir como e porquê estavam ali.

Ela sabia que muita coisa seria desvendada por quem entendesse tantos sinais e Mail, sem dúvida parecia ser esse alguém. Ele já estivera ali e observou ser um ponto privilegiado para observarem os movimentos do Universo, e sempre voltava para investigar os sinais, deixando que ela lhe indicasse as estrelas de que mais gostava.

Por isso, quando ele a pegou pela mão, seguiu-o de cabeça baixa, já arrependida de seu arroubo, mas a visão de Mail consternado pela atitude de todos, doeu fundo em sua alma e ela não pensou duas vezes.

– Perdoe-me Mail, não sei o que me passou pela cabeça para agir assim!

– Não se desculpe mãe. Você teve toda razão em agir daquele modo, aliás, surpreendeu-me e fico feliz, pois percebo que já é imprescindível na tarefa de ajudar nosso povo!

– É o que mais desejo. Disse Rhia cabisbaixa.

– Pois então, levante esse rosto – que com a excitação ficou todo corado e seus olhos brilhando mais que nunca – e vamos começar com algumas tarefas que, na realidade, nem eu saberia como pôr em prática. Já observei você fazendo várias poções que os mestres usam, sei que servem para diversos fins e que deveremos levar quando formos embora. Você se encarregará disso, está bem?

– Claro meu filho!

– Vou chamar a todos para uma reunião amanhã e desejo que você fique ao meu lado, pois quero que todos saibam que devem confiar nos seus conhecimentos, está bem?

Ela fez que sim com a cabeça e foi ao encontro de Azor que a chamava.

Rhia não conseguia imaginar porque havia feito aquele som, nunca em sua vida fizera ou ouvira semelhante som, por isso estava inquieta, todos os acontecimentos estranhos por que estavam passando, deixavam a todos inquietos e sempre buscando novas soluções. E aquele seu intempestivo gesto, com aquele som que nem saberia repetir, deixou-a inteiramente exausta.

Azor também sentia -se um tanto inquieto, mas não comentou nada, pois percebia que ela também estava nervosa, sem sossego e precisava descansar.

# 11

No dia seguinte, depois de olharem o sol, todos foram para a Grande Nau, pois Mail os convocara. Não sabiam o que iam ouvir, mas estavam bastante preocupados e conversavam entre si querendo saber o que cada um pensava.

Àquela hora o sol batia em cheio na Grande Nau e à sua frente, onde todos ficaram defronte ao grande portão, a sombra longa e protetora dela era um bálsamo para todos, que ficavam bem juntinhos e assim ninguém sofria com o sol forte.

Mail saiu de dentro da Grande Nau parou na tribuna em frente ao portão e subiu, dando a mão a Rhia, para que ficasse ao seu lado. E começou a falar:

– A partir de agora vocês devem deixar seus filhos, de quatro a quinze anos, aqui na Grande Nau, nós temos mestres e ajudantes que cuidarão deles, não se preocupem, pois estarão bem e eles devem ter a oportunidade de conhecer a Grande Nau que, com certeza, deixará de existir quando tudo afundar. Já temos fixada a data em que todos terão de deixar nossa morada e buscar outras paragens e elas, as crianças, com certeza serão os novos mestres e guias para nosso povo. Portanto, devem aprender o que for possível. Vão em paz para suas casas e aproveitem para encontrar os meios mais fáceis de transportar o necessário para uma mudança radical. As crianças também vão aprender muitas coisas e já temos um tarefa que elas certamente farão com toda a alegria da infância.

Eram ao todo quatrocentas crianças, cem de quatro a seis e trezentas de seis a quinze anos. Eram lindas. A tranqüilidade dos pais, do lugar, de tudo enfim, contribuía para que aqueles rostinhos risonhos e felizes fossem de uma beleza especial..

As de olhos amendoados pareciam anjos barrocos, com aqueles olhos lânguidos e boca pequena. Os que tinham cabelos lisos e grossos, eram suaves e meigos, os olhos castanhos às vezes tinham um reflexo dourado que iluminava o rostinho bochechudo. Os de cabelos finos e crespos tinham como uma coroa em volta da cabeça, pois eles ficavam armados e eram cheios de cachinhos, suas bocas, de lábios grossos e rosados estavam sempre sorrindo, o nariz mais grosso que a maioria, dava a essas crianças um ar robusto e as bochechas tornavam o rostinho redondo e faceiro.

As de olhos oblongos azuis, eram louras e os cabelos finos e dourados esvoaçavam a qualquer movimento, corados e delicados, tinham aparência franzina, mas eram fortes e decididos. As de olhos verdes eram simplesmente encantadores, seus cabelos finos, crespos e avermelhados, o rostinho todo salpicado de sardas, alegres e barulhentos. Não ficavam um minuto sequer parados e viviam inventando brincadeiras.

As de olhos oblíquos castanhos, eram pequenos bonecos que se sentiam felizes por qualquer motivo. Sempre risonhos, os cabelos finos, pretos, luzidios e macios sempre trançados com fitas e laçarotes. Nos pés muito delicados, os sapatinhos tinham sempre borboletas pintadas e realmente pareciam pequenos seres imaginários.

Os olhos oblíquos, de cor preta, eram delicados, mais magros e mais baixos, mas tão ativos quanto os outros e suas bocas de lábios finos e rosados, tinham o leve formato de um coração. Como seus pais, tinham os olhos rodeados por um traço azul, o que lhes dava uma aparência exótica e bela.

Crianças felizes.

As roupas de todos eles eram iguais às dos adultos. Eles recebiam um conjunto de pantalonas e túnicas aos dois anos, outra aos seis, aos onze e aos quinze anos recebiam a que seria usada por toda a vida.

Era uma roupa maravilhosa, não rasgava, não amassava e o tecido era leve, um tanto transparente e aquela trama da flor que foi imprimida no tecido, tinha um leve tom dourado, tremeluzia à luz.

À noite, parecia fosforescente, era confortável, macia e parecia impermeável, quando iam lavar-se usavam um sabonete especial que todos iam buscar na Grande Nau e a roupa era lavada junto. Lavavam-se na pequena bacia de água cristalina que havia debaixo da "meia-jarra", onde a água parecia um espelho, aquele sabão não deixava resíduos nem estragava nada, apenas deixava um suave odor.

Todas as crianças eram amamentadas por suas mães até os seis meses, depois, até os quatro anos, tomavam um leite grosso que iam buscar na Grande Nau e daí para frente, já sabiam fixar o sol, tiravam sua energia dele. Adoravam as pequenas bolinhas de mel e as sementes torradas.

Quando nasciam dentro da Grande Nau, eram imunizadas pelos mestres que lhes colocavam nos pulsos, uma pequena pulseira que era trocada a cada três anos. Não ficavam doentes, nenhuma morria antes dos quinze anos e um acidente (*muito raro*) ou uma excessiva exposição ao sol poderia antecipar seu descarnar. Tinham seus locais próprios para brincar, estudar, enfim, passavam seus dias em salões próprios para isso, debaixo da muralha, e como tinham livre acesso a todas as casas, tornavam-se amigáveis e dóceis.

Aos vinte anos já consideravam-se maduros e a vida tranqüila que usufruíam, contribuía para que um dia parecesse infindável e viviam buscando coisas para fazer. Pareciam as formigas, vibrantes e incansáveis.

Jogavam, brincavam, faziam tarefas, pintavam, dançavam e o que mais gostavam de fazer, competiam em jogos os mais diversos. As torcidas vibravam e esses eram os momentos mais vigorosos que usufruíam.

Nenhuma delas entrava na Grande Nau antes dos quinze anos, por isso estavam admirados e os mais velhos que já tinham quase chegado no tempo de completarem os quinze anos, eram os mais curiosos e foi com decisão que acompanharam os mestres para dentro da Grande Nau. Mail e Rhia, mais os amigos de Mail e os outros ajudantes, levavam a todos docemente, amparando-os como a um bando de formigas. Rhia pegou o menorzinho no colo, um menino de olhos oblíquos e negros, que com sua boquinha de coração, beijava de leve o rosto de Rhia.

Foram entrando devagar, eles sim, com curiosidade, pois não imaginavam sequer que isso ocorresse logo. As enormes colunas inscritas eram analisadas e eles meneavam a cabeça, indicando que não entendiam nada. Passaram pelo portão de oito folhas, uma ligeiramente menor que a outra e subiram os degraus lisos e brilhantes, entrando no grande salão onde o descarnar começava.

A parede do fundo, muito grande, com uma cortina pesada e que parecia ser muito macia, chamava a atenção. À sua frente, a máquina que eles ainda não sabiam que servia para o último repouso e também para tentarem a revitalização, não atraiu muito a atenção das crianças. Quase todas, foram direto para umas rampas que deslizavam suaves e subiam para outros salões mais acima. Dividiram-se em grupos acompanhados por alguns mestres e ajudantes e chegaram aos outros salões.

Uma luz suave iluminava o local e parecia vir de janelas que ficavam no alto, num dos lados do salão, viram vários bancos cheios de areia macia e recobertos com aquele tecido da cortina. Passavam as mãos no tecido e riam felizes com aquela agradável maciez. Alguns sentavam-se, outros deitavam e ali ficaram bastante tempo. Mail andava de um salão para outro e para cada grupo falava com paciência e tranqüilidade. Dizia:

– Bem, vocês todos vão ficar aqui algum tempo e tudo que quiserem perguntar, deve ser feito sem receio e depois de saírem daqui, vocês levarão uma tarefa para fazer, que será muito importante para todos nós. Não teremos muito tempo para poder ensinar-lhes tudo o que deveriam saber, mas o essencial para entenderem o quanto vocês são importantes para todos nós. Algumas partes serão ensinadas por mim, as outras, os mestres e alguns ajudantes ensinarão. Qualquer dúvida, devem procurar esclarecer.

Depois que examinaram tudo com os dedinhos ávidos para tocarem aquelas esculturas, as colunas e aquele tecido tão macio, começaram a dar sinais de cansaço. Foram então levados pelos mestres para um corredor muito longo e que ficava bem no centro da Grande Nau. A penumbra assustou-os um pouco, mas assim que todos estavam ali, várias portas de cada lado do corredor abriram-se e eles foram entrando em oito grandes salões onde havia camas, uma ao lado da outra, e em cada salão havia cinqüenta dessas camas. Na parede ao lado da porta, aquela meia jarra, onde a água corria mansamente e uma pequena mesa, com água para beber, as sementes e as bolinhas de mel. Lavaram as mãos e o rosto comeram algumas daquelas especiarias e deitaram-se. Os mais novos ficaram em um salão onde Rhia também ficou.

Depois de vários dias de aprendizado acelerado, estavam mais atentos e mais cautelosos com tudo que viam e ouviam.

Então, Mail reuniu a todos no grande salão e deu as últimas instruções a eles:

– Pois bem, vocês já têm algumas noções sobre tudo que devem saber e aqui está a tarefa que irão fazer quando voltarem para suas casas!

Assim falando, Mail apontou para Rhia que ao lado de uma pilha de saquinhos, já cheios de areia misturada com outras espécies de terra e com uma pequena planta aparecendo na boca do saquinho, levemente amarrada, pegou uma e mostrou para todos como fazer:

– Cada um de vocês levará um desses saquinhos para casa e a partir de agora vocês serão responsáveis pela preservação dessa pequena planta. A cada três dias vocês colocarão um pouco de água e a levarão para tomar sol. Agora, ouçam com atenção, pois Mail dará outras instruções:

– Quando partirmos, cada um de vocês irá com seu grupo e sempre que pararem em algum sítio um de vocês plantará uma dessas plantinhas. Com isso estaremos contribuindo para que elas sejam preservadas e, algum dia, servirão para outros, mesmo que isso leve mais milhares de anos.

– Todos voltarão para casa agora e teremos algum tempo ainda, mas não esqueçam das plantinhas, está bem?!

# 12

Começaram a cortar os cactos, para isso precisaram estender a serpentina de água quente até onde eles estavam e lá fizeram uma serra que era movida pelo vapor e assim puderam cortar os troncos muito grossos que já estavam ali há séculos.

Rhia acompanhava de perto o trabalho e separava cada tipo de cactos em várias cestas. Ela aprendera com os mestres e agora com Mail, que decifrou outros segredos, a preparar vários tipos de misturas usando os cactos. Um servia para dar a liga aos líquidos do tamborão; outro servia para usarem na água, como desinfetante; outro, que agora ela sabia melhor, servia para mitigar dores e inchaços e isso ia ser muito importante para todos, quando fossem enfrentar os perigos que previam ser muitos.

O espaço já estava livre. Até a água eram poucos passos e alguns troncos serviriam para rolarem o barco quando estivesse pronto. Com os troncos mais lisos e fortes foram fazendo a estrutura da barca. Mail descobriu entre os desenhos um esboço perfeito para um bom barco que, sem dúvida, daria para transportar quinhentas pessoas em cada viagem.

E assim ocupados com vários trabalhos, deixaram os jogos e as diversões de lado. Era um trabalho diferente e todos, muito ou pouco, davam sua contribuição. As mulheres usando as taboas maceradas e o tecido que estava guardado na Grande Nau, confeccionaram uma enorme vela, pois o vento ia ser o maior aliado deles. A máquina a vapor também ia servir para rodar as pás da roda que iria atrás, empurrando a barca.

As placas de plástico que estavam estocadas na Grande Nau, não seriam suficientes para completar o casco da barca e assim um pedaço da muralha e alguns telhados das casas foram sendo usados.

O trabalho acabou virando rotina e à noite, novamente, todos reuniam-se durante a lua nova e deliciavam-se com o vento que soprava fresco e suave, assobiando em todos os recantos.

Começaram também as indagações que uns faziam para os outros.

"Será que temos mesmo que sair daqui?!"

"Não estará Mail enganado?!"

A beleza e a tranqüilidade da noite traziam confiança, e o desejo de que tudo não passasse de um equívoco. Embora confiassem em Mail, tinham a esperança de que tudo não passasse de um susto.

Mail notava a intranqüilidade de todos, mas não havia nada que pudesse fazer, ou acreditavam nele ou todos iriam sofrer as consequências.

Os mais jovens recomeçaram com os jogos, principalmente um que atraía muitos apreciadores e assim, a vida estava voltando a ser o que sempre fora..

O jogo chamado "uckla" era o mais popular e era jogado por cinco homens de um lado e cinco mulheres do outro. Com pequenas pás nas mãos eles empurravam uma pequena roda lisa e chata, uns para outros do mesmo time, e tentavam passar pelos outros e encaixar a pequena roda em uma fenda que havia no final de um pequeno campo, onde a areia era bem socada e ficava muito lisa. Escorregavam como se estivessem sobre gelo. Quando conseguiam encaixar a roda, era a maior alegria para a torcida do time que acertara. Era um jogo difícil e todos ficavam tão atentos que nada mais parecia ter importância, pelo menos enquanto ele durasse! Muitos estavam ali torcendo. O jogo estava na metade do tempo quando tudo começou a tremer. Caíram no chão e tentavam segurar-se uns nos outros, a areia sacudida levantava uma poeira fina que cegava a todos e entrava pela boca e pelo nariz, um barulho enorme roncava dentro da terra.

Foram alguns minutos, mas o pavor continuou e todos ficaram paralisados pelo medo. Quando conseguiram levantar-se, todos olharam para o lado de suas casas e o sol, já bem baixo no horizonte, lançava raios de luz sobre uma cortina de areia que subia lentamente por sobre tudo. Quando o vento dissipou um pouco aquela areia, eles vislumbraram, com desespero, que várias casas estavam destruídas e foram correndo, cada um pensando em seus familiares.

Por sorte, a grande maioria estava ajudando a fazer a barca e lá os estragos não foram muitos, sentiram também os tremores, mas o lugar aberto estava cheio de grossos galhos de cactos jogados no chão, os quais amorteceram os abalos e ninguém se feriu.

Algumas casas já tinham sido destelhadas, agora várias outras foram destruídas e as pessoas ficaram ainda mais atordoadas quando perceberam que também a Grande Nau tinha sido danificada.

Para eles a Grande Nau era o refúgio seguro e eterno para todos e, de repente, descobriam a fragilidade de sua segurança, se ela havia se partido e desmoronado, era sinal de que as palavras de Mail estavam mais do que certas e de que não deviam duvidar um momento sequer disso.

Uma parte do disco com várias cabines despencou, como se fossem de areia, e um buraco escuro deixava à mostra o interior onde ficava a cúpula, uma fumaça leve e azulada, subia fininha e ligeira para o céu ainda cheio de poeira.

O medo transformava aquelas tranqüilas figuras, em patéticos seres indefesos que não sabiam o que fazer.

Foram às carreiras para onde os outros estavam e Mail e Rhia apressaram-se em acalmá-los:

– Vamos, isso já era esperado, apenas foi mais forte do que esperávamos, por isso devemos apressar os trabalhos, porque não queremos ser surpreendidos. Agora todos podem imaginar com mais realidade o que nos espera e portanto não voltem a descuidar dos seus afazeres. Hoje à noite teremos nova reunião, onde pretendo expor novos planos para todos.

A barca já mostrava, em toda a sua extensão, a leveza e a intrincada estrutura de seu bojo e os mastros feitos com os troncos dos cactos mais velhos denunciavam força e precisão.

As placas daquele material branco e leve, eram rebitadas com cola quente e já a metade do casco começava a mostrar ser enorme o suficiente para transportar as quinhentas pessoas que iriam a cada viagem.

Ninguém mais pensou em abandonar o trabalho requerido e só dormiam e olhavam o sol, fora isso estavam todos atarefados com algo referente a mudança.

Agora sim, pareciam verdadeiras formigas indo de cá pra lá, mas cada qual com seus olhos fixos no que fazia. Precisavam falar uns com os outros, pois eram alegres apesar das futuras previsões não serem muito otimistas.

Quando a noite começou, todos cansados, mas otimistas e esperançosos receberam seus pequenos embrulhos com as sementes e bolinhas de mel, dirigiram-se para a frente da Grande Nau à espera de novos esclarecimentos.

# 13

A luz da lua e o vento mais fresco que o normal não surpreendiam ninguém, pois todos já estavam começando a se acostumar com mudanças. Sentaram-se e enquanto esperavam, começaram a entoar sua melodia preferida, só que agora podia-se, ou melhor, entendia-se melhor as palavras ditas.

Entoavam doces versos, onde demonstravam seu amor e devoção a quem os criou e que sempre esteve junto de todos, mostrando sempre que mesmo com mudanças, nada seria inútil e sem sentido.

Mail e Rhia apareceram e subiram na pequena tribuna em frente à porta central e começaram a cantar com todos.

A beleza e a suavidade do momento tornaram a todos tranqüilos e felizes como sempre foram por milhares de anos.

Terminaram de cantar, o silêncio ainda mais profundo evocava os antigos sonhos e só o eco da voz de Mail os trouxe de volta ao momento atual. A realidade os colocava novamente defronte a futuras adversidades:

– Devemos aproveitar sempre estes momentos e jamais esquecê-los. Estarão tão impregnados em cada um de nós e, com certeza, no futuro que não nos pertence –, mas que só existirá porque nós sobreviveremos – transmitiremos aos nossos descendentes esses mágicos momentos, que sobreviverão a toda e qualquer catástrofe que vier a destruir tudo à nossa volta, só não destruirá o que temos em nosso espírito. Um só de nós que sobreviva, levará em seu ser a chama que recobrará a vida e a alegria, fará do ser humano, da semente que foi lançada no início de tudo e que jamais perdeu-se no decorrer de milhões de anos, a nova e maravilhosa humanidade que saberá, quando chegar o momento, descobrir toda a magia da simplicidade.

– Vivemos até aqui com tão pouco e fomos tão felizes, que não saberemos nos defender dos próximos desafios, mas não será a força bruta e sim a inteligência que dará vantagens sobre os possíveis obstáculos que enfrentaremos.

– Tenho decifrado vários disquetes, que consegui rodar na máquina a vapor e fiquei assombrado com as maravilhas que nossos antepassados já usufruíam, mas ao mesmo tempo nos alertam sobre os perigos de usos indiscriminados dos poderes da natureza. Nós estamos aqui há milhares de anos e com certeza, não fossem as fossas, túneis e valas abertas e cheias de água, para afastarmos as formigas, deixaríamos a ilha tal como a encontramos. Não extraímos nada da terra. Nossa energia vem do sol, nosso pouco alimento vem dele e das formigas, às quais não dizimamos, pelo contrário, hoje elas são em maior número e tudo que usamos vem de nós mesmos.

– Fazemos uma verdadeira reciclagem de nossos corpos, que usamos no descarnar, nossas fezes e urinas, que todos recolhem e levam para a Grande Nau e que são decantados e usados para diversos fins. A água e usada e retorna para o lago, limpa e filtrada. Enfim, não destruímos nada e a simplicidade é o meio que nos dá felicidade.

– Um dos disquetes, esse feito por um dos mestres que nasceu aqui e que conseguiu fazer a máquina a vapor funcionar com seu poder total, deixou guias seguros para que no futuro, quando for necessário, todos possam usar e usufruir de seus benefícios. Quando formos embora, talvez não possamos levá-la e teremos de aprender a usar outros métodos. Fiz uma lista de alguns itens que todos precisam conhecer e farei cópias que os guias que irão com cada grupo levarão, e estarão sempre à disposição de quem quiser saber como fazer alguma coisa. Agora, todos devemos ir descansar e prepararmo-nos mentalmente para que nossas energias sejam armazenadas.

– Amanhã, depois de olharem o sol, tragam seus filhos, nossos pequenos jardineiros, que quero saber como vão indo as plantinhas, tenho mais uma pequena e divertida tarefa para eles.

As horas de penumbra e frescor eram poucas e com tantas novidades e tantos afazeres, não dormiam quase nada. As crianças, ao saberem de novas tarefas, passaram a maior parte da noite tentando adivinhar o que seria essa divertida tarefa e não tiravam os olhos da pequena bolsa, onde algumas folhinhas grossas e carnudas, mantinham-se inalteradas.

Foi com curiosidade e um pouco de receio que foram, depois de estarem na muralha junto com seus pais, até a Grande Nau.

Mail e Rhia já os esperavam. Sorridente, Mail perguntou:

– Vocês tiveram algum problema com as plantinhas?!

Como ninguém respondeu, ele continuou:

– Bem, se tiverem alguma dúvida devem procurar por Rhia, ela os ajudará, agora vou lhes pedir outra coisa que no futuro será de muita valia para todos.

– Nós vivemos rodeados pela água. Ela está em volta de nossas casas, na frente da Grande Nau há várias lagoas e por todo lado temos canais e fossas cheias de água e no entanto não sabemos nadar!

Olharam-se com espanto e curiosidade.

– Vocês praticam vários esportes são fortes e vigorosos, portanto devem aprender a nadar, pois isso será muito necessário na caminhada que iniciaremos em breve. Meus amigos e alguns mestres irão com vocês até um dos lagos e juntos tentarão aprender. Vão com calma, aprendam a segurar a respiração e coloquem a cabeça debaixo da água até se acostumarem, não creio que será difícil para jovens espertos como vocês.

Estavam todos de boca aberta, surpresos com a novidade. Não seria fácil depois de gerações e gerações de pessoas que nunca nadaram, começar a entrar na água.

Foram falando uns com os outros sem se olhar. Uns estavam com medo, outros apenas curiosos e alguns apressados para iniciarem as aulas, pensando que se todas as tarefas fossem tão fáceis e gostosas de serem cumpridas, não iriam hesitar em fazer tudo que lhes pedissem.

# 14

A barca já estava quase pronta. Os olhos oblíquos já estavam começando a sentir uma intranqüilidade própria de quem vai enfrentar coisas desconhecidas. Mochilas novas, estranhas para eles, não sabiam o que colocar dentro, precisavam ser orientados, pois não tinham a menor, idéia do que os esperava, quando não mais estivessem dentro do seguro atol.

Tinham muitas cordas de cabelo, algumas de taboas e tapetes de ramas entrelaçadas com as taboas. Ficavam olhando para suas coisas de todos os dias e sabiam que não as poderiam levar. Mail, incansavelmente, percorria todos os locais ajudando e mostrando como deveriam agir em determinados momentos. Levava consigo os amigos e a cada um deles dizia:

– Vocês estão preparados para acompanhar cada família que irá partir, e você Uam, será o guia dos olhos oblíquos, por isso vamos de casa em casa conhecer os moradores e mostrar a eles que terão em você um mestre que saberá ajudar sempre e que devem acatar como se fosse a mim.

– Não será com imposição, mas sim com diálogo, que devemos provar a eles que você está preparado para acompanhá-los e ouvindo seus conselhos sempre que necessário, terão mais oportunidade de chegar a salvo ao seu novo destino.

Eram mil e duzentos, seiscentas e cinqüenta mulheres, quinhentos homens e cinqüenta crianças de quatro a quinze anos, todos estavam temerosos, mas firmes e decididos a enfrentar o seu destino.

A barca era bastante forte e como eles não eram muito grandes, Mail confirmou que fariam duas viagens apenas.

Foram pela última vez até a Grande Nau, onde eles receberiam os últimos detalhes e também suprimentos para suas necessidades imediatas.

Mail estava sério e pela primeira vez sentou-se na areia, junto a Rhia e seus amigos, e todos os olhos oblíquos sentaram-se à sua volta.

– Amigos, sua voz terna era firme, dentro de alguns dias vocês serão os primeiros a irem para nosso inevitável êxodo, por isso ouçam com atenção, pois a partir de agora vocês estarão por conta de suas inteligências e capacidades.

– Serão duas viagens e vocês decidirão quem irá primeiro. Assim que o primeiro grupo desembarcar não deverá ficar parado, esperando o segundo grupo, pelo contrário, devem seguir imediatamente na direção que vou lhes indicar, mas devem ter muito cuidado em deixar sinais para os outros que irão em seguida.

Assim falando mostrou uns rolos que estavam amarrados e colocou-os dentro de uma mochila que entregou a Uam, dizendo:

– Ele irá com vocês, é da sua família e aprendeu a conhecer esses mapas, e também sobre como sobreviver sem a luz do sol.

Um Oh!... oh!.... prolongado estremeceu a todos.

"Como!? Sobreviver sem a luz do sol?"

– Sim, vocês terão de ir seguindo o rio, que já possui uma margem mais firme, para que possam andar por ela e seguirão na direção norte-leste. Não poderão caminhar pelas planícies, pois serão alvo fácil para animais predadores, e o capim seco e cerrado será um inimigo pior que qualquer animal feroz, dos quais vocês, com inteligência, poderão escapar. Terão de usar toda a habilidade e começar a treinar seus sentidos para pressentirem o perigo. Ao lado dos rios haverá árvores novas e pequenas, mas serão bastante cerradas, poderão ocultá-los, mas também ocultarão o sol, e daqui para frente não terão mais a energia dele para ajudá-los. Por algum tempo ainda vocês terão reservas e depois, encontrarão pelo caminho alimentos que lhes darão energia e força.

Continuou falando, deixou claro que o guia lhes explicaria como encontrar o alimento, como se protegerem de animais pequenos, mas que podem ser venenosos, e principalmente, para que não se afastem muito dos rios.

Ficaram ali ouvindo e perguntando, passou a noite e nem sequer pensavam em dormir. Para eles que sempre tiveram conforto e segurança, sem que para isso fizessem qualquer esforço, custava acreditar que tudo seria tão difícil como Mail falava.

Passaram alguns dias e a barca já estava pronta, colocaram ramas das flores rosáceas, como guirlandas em volta da barca e branca como ela era, mais parecia uma ave rara balouçando tranqüila, num espelho de água azul e límpida.

Todos estavam ali na hora marcada para despedirem-se dos amigos.

Um silêncio incomum deixava a todos um tanto angustiados, mas o que era necessário fazer tinha de ser feito.

A barca estava voltada para o lado direito dando as costas para onde nasce o sol, e iriam até a foz de um grande rio, bem lá longe, onde o sol costuma ir quando está deste lado. Tinham instruções para não esperarem o segundo grupo, mas deviam cuidar para que o caminho seguido fosse fácil de ser encontrado pelos outros., e precisavam guardar bem todas as instruções que receberam, porque disso dependia suas vidas.

Subiram todos os quinhentos e cinqüenta deles e quase não havia crianças. Os outros todos juntos deram-se as mãos e começaram a entoar o seu canto predileto, transmitindo esperança para os que iam embora.

# 15

Não havia lágrimas em seus olhos. Não sabiam o que era chorar. A dor, física ou moral, era bem pouco experimentada. A dor maior era a dor do parto. Quando era chegada a hora do filho nascer, as mulheres iam para a Grande Nau e lá ficavam em um salão próprio, com várias banheiras de água quente e uns respiradores ao lado. Quando as dores começavam já estavam dentro da água e ao colocarem o respiradouro, saía pelo aparelho um leve vapor, meio adocicado que aliviava rapidamente as dores e apressava o nascimento. No mesmo dia iam para casa e era só alegria, dificilmente uma mulher morria na hora do parto e as crianças recebiam cuidados especiais.

Ficaram todos no mesmo lugar até a barca sumir. Sabiam que a travessia ia durar uma hora e meia e se o vento ajudasse, mais hora e meia para voltar, se não houvesse nenhum acidente.

Ficaram quietos e somente as crianças mais novas continuaram a correr de um lado a outro, arrastando os pezinhos na areia. Não havia mais o jardim tão bem cuidado, e um buraco largo não muito profundo, era um espaço perfeito para brincadeiras.

Escorregavam pelas rampas de areia, subindo e escorregando novamente, fazendo isso tantas vezes como só as crianças sabem fazer.

O tempo parecia não passar, mas ninguém foi embora. Os últimos raios de sol, formavam pequeninos reflexos de espelho, na água azul e parada.

Já estava quase escuro a lua era apenas uma fatia fina, começando a aparecer bem lá embaixo. Era uma daquelas noites tão esperadas, o vento vibrava ameno, mas não cantaram nem ouviram o vento assobiar.

Enfim a barca retornou e todos ficaram sabendo que tudo correu bem, que o grupo desembarcou onde o rio Ur desembocava no lago e os homens da barca, durante um bom tempo, viram todos eles entrando em baixo de pequenas árvores ao lado do rio e seguirem em segurança até sumirem.

Por fim, foram para suas casas sabendo que no dia seguinte, tudo seria igual, e esperavam ardentemente que todas as próximas viagens fossem tão tranqüilas quanto a primeira.

No dia seguinte lá estavam todos, mas desta vez Mail tinha preparado várias tarefas para que eles ficassem mais tranqüilos e pudessem transmitir aos que iam partir mais segurança e a certeza de que conseguiriam chegar a um lugar tranqüilo, ou pelo menos não tão perigoso e sem aquele capinzal seco e agoniado que vicejava por todos os lados.

A barca tinha sido revisada e como não havia reparos a fazer, enfeitaram-na ainda mais, colocando as imprescindíveis flores rosáceas, por todos os lados, fazendo no mastro um cordão lindo e perfumado.

# 16

Os olhos oblíquos negros estavam sérios, não exibiam mais aquele sorriso amável de sempre, mas tinham nos olhos uma expressão forte e decidida. Eram inteligentes e saberiam defender-se, não fraquejariam, nem sucumbiriam diante dos grandes desafios que estavam por vir.

Quando começaram a subir para a barca os outros todos largaram o que estavam fazendo e foram formando uma roda em volta, entoando um som mavioso e ao mesmo tempo vibrante, como a incentivar uma marcha triunfante.

Outras guirlandas foram colocadas e a barca começou suavemente a zarpar, deixando atrás de si uma leve ondulação que reverberava, tremeluzindo e faiscando com a luz do sol, já a meio céu, descendo para o horizonte.

Olhavam-se intensamente e seus pensamentos não incluíam medo ou insegurança, sabendo que de suas capacidades dependeria o futuro de todos eles e não pretendiam sucumbir aos desafios.

Rhia atendia a todas as eventuais dúvidas e sempre conseguia transmitir conhecimentos básicos sobre como fazer o que precisavam. Embora soubessem que lá do outro lado as coisas não seriam iguais, levavam com eles suprimentos necessários para qualquer eventualidade, mas como tudo era incerto e nada sabiam sobre como agir em situações tão diferentes, estavam angustiados.

Depois que a barca partiu, como todos, com certeza, ficariam por ali até ela voltar, Mail convocou-os a irem até  a porta da Grande Nau, onde poderia falar a todos de uma vez. Sentaram-se na areia, nos bancos de pedra, recostavam-se nos arbustos ao lado dos lagos e ficaram à espera de Mail.

Rhia apareceu primeiro e falou:

– Todas vocês mulheres devem vir aqui amanhã, pois vou lhes mostrar como preparar vários tipos de cactos. Eles podem servir inclusive para comer, mas temos de conhecê-los e saber quais são os comestíveis. Outros, servem como ungüento para aliviar dores e vários outros fins. Os que partiram tiveram essas instruções com o companheiro que Mail instruiu para isso. Mas como os próximos serão muitos, nós as mulheres podemos cuidar desse serviço.

Mail chegou tranqüilo, mas alerta e sempre atencioso. Seus cabelos já estavam como uma coroa em volta da cabeça. Dois anos se passaram desde que cortara os cabelos para que todos fizessem a mesma coisa, e como seus cabelos eram muito crespos, os cachinhos rodeavam sua cabeça como uma auréola dourada.

Um sorriso nos lábios mostrava que apesar do futuro incerto, ele estava feliz. Sua mãe já havia notado esse sorriso enigmático, mas não perguntou nada ao filho.

Ele ficou bem no centro da pequena tribuna e começou a falar:

– Talvez alguns de vocês já tenham notado que nossas amigas, as formigas, já estão de mudança, não?

Todos olharam-se e os murmúrios mostravam que alguns realmente perceberam.

– Pois isso nos mostra que devemos apressar-nos. Como os próximos só irão daqui a quatro luas, pois quando a lua está na fase minguante temos maior proteção durante a noite, menos clara; e depois vem a lua nova que não aparece e a noite continua escura, assim teremos mais tempo de proteção, mas como o sol já está indo para o outro lado, só faremos novos embarques daqui a doze luas. Portanto, os próximos a irem desta vez serão os olhos oblongos. Como são em torno de quatro mil, teremos de fazer oito viagens e será uma por dia e como então a noite já estará mais clara, não faremos mais nenhuma viagem.

– A mudança das formigas nos mostra que quando estivermos lá do outro lado, provavelmente nos encontraremos com elas e, com certeza, com vários outros insetos e animais pequenos e grandes. Devemos sempre observar o comportamento deles, pois seu instinto aguçado os previne das catástrofes com maior antecedência, portanto, poderão nos prevenir se estivermos atentos.

– Esse mesmo fenômeno afetará os grandes animais e eles estarão tão aflitos buscando fugir, que provavelmente não serão tão perigosos como normalmente, mas nós deveremos estar sempre vigilantes.

– Portanto lembrem-se sempre de observar os pequenos avisos que a Mãe Natureza nos proporciona, pois Ela é nossa amiga. Quando chegar a hora da próxima partida, deveremos estar com tudo pronto, nada deve ser esquecido, pois essa viagem não tem volta.

– Vamos descansar, a barca já deve estar aportando e amanhã teremos muito trabalho, se a barca não tiver sofrido muitos estragos, poderemos completar as cabines dos lemes, que precisam de algumas reformas, e também temos de reforçar as velas..

Assim falando, Mail adentrou rápido a Grande Nau. Rhia observou, ficou ainda algum tempo falando com algumas pessoas, pois sempre tinha alguém com dúvida e ela era como se fosse a mãe de todos.

A noite já estava bem avançada, a lua era apenas uma fatia de melão, num céu arroxeado, coalhado de estrelas e a obscuridade que era propícia para os viajantes envolvia a Grande Nau, onde o silêncio era suave e começava a ser inquietante. Todos caminhavam devagar, como se carregassem nas costas todos os mistérios do Universo.

Lá em cima, na cúpula transparente, o vulto de Mail aparecia abraçado e embalando suavemente o vulto de uma jovem.

# 17

No dia seguinte, Rhia começou a ensinar as mulheres e muitos homens, pois também queriam conhecer quais as espécies de cactos bons para usarem, e para saberem diferenciar uns dos outros, pois com certeza os cactos estarão do outro lado, e serão muito importantes.

Rhia explicava:

– Todos os tipos de cactos servem para alguma coisa, e os comestíveis são sempre suculentos, embora os que têm muitos espinhos, sejam difíceis de manusear são muito úteis, pois todos eles contêm enzimas que servem para diversos fins, inclusive medicinais. Vou mostrar para vocês vários tipos diferentes e também já preparei uma pequena amostra com o desenho dos mais úteis, que serão de muita ajuda. Não sei se vocês encontrarão esses tipos de cactos onde forem, mas com certeza haverá sempre alguma espécie. Por isso é preciso ter muita paciência e fazer vários testes, se por acaso encontrarem outras variedades.

– As nossas flores rosáceas, que todos conhecemos e que nossos filhos estão cuidando para levarmos junto, deverão ser plantadas todas as vezes que pararem mais tempo em algum lugar, vocês devem auxiliar seus filhos a escolherem um lugar fresco e se não houver terra para plantar, devem fazer um enxerto em alguma das pequenas árvores que margeiam o rio. Vou ensinar  como vocês devem fazer.

Assim falando, pegou uma pequena plantinha que já exibia um botão em uma longa haste e duas folhas num caule de dois gomos e então em uma outra planta já bem maior, fez uma incisão no caule carnudo colocou a raiz da pequena plantinha dentro do corte e amarrou bem apertado com um pedaço de pano, depois pegou um bocado de areia umideceu com um pouco de água e colocou bem apertado em torno do enxerto. Em seguida, pegou uma folha da mesma planta e enrolou com força em torno de um bom pedaço do caule, tornando assim o reforço maior.para a pequena plantinha adaptar-se a sua nova existência de "parasita".

– Agora sim, ela está bem protegida e não irá morrer. Assim, nós deixaremos para trás, estas plantinhas enxertadas em outras diferentes e elas aprenderão a tirar seu sustento da outra planta sem destruí-la, e estaremos espalhando por todo caminho, deixando nosso rastro marcado por estas flores, onde quer que elas estiverem será um sinal de que passamos por ali.

E continuou a mostrar como fazer vários tipos de geléias, chás, comidas, sabonete para limpeza e vários outros cremes que serviam para picadas de insetos e para aliviar dores.

Enfim, eram tantos os trabalhos que o tempo passava ligeiro. O sol novamente em cheio sobre a cidade, ardia mais que nunca e todos, exceto pela manhã, quando iam para a muralha, ficavam dentro da Grande Nau, sempre buscando entender o que iria acontecer.

Mail estava constantemente rodeado por vários deles e sempre havia uma pergunta que só ele poderia responder, pois todos sabiam que ele já havia decifrado os documentos que explicavam muitas coisas.

– Mail, quando sairmos daqui não poderemos levar a máquina a vapor, como então faremos todas as coisas? Alguém perguntou.

– Hoje à noite todos devem vir aqui, então poderei falar para vocês sobre um dos mais preciosos elementos que poderá ajudar bastante a todos nós, que é o fogo.

– "Fogo!!!" Todos exclamaram a uma só voz.

E ficaram confabulando uns com os outros, ansiosos para que a noite chegasse rápido, pois tinham ouvido várias histórias sobre o fogo, mas jamais qualquer um deles o viu ou sabia como era o fogo.

Assim que o sol baixou no horizonte, todos já estavam acomodados de diversas maneiras defronte a porta da Grande Nau, alguns nos seus lugares costumeiros, outros brincando, mas todos muito ansiosos e preocupados.

Mail, como sempre calmo e atencioso, chegou trazendo Rhia, os amigos e mestres junto. Todos sentaram-se logo abaixo da primeira porta, onde a acústica permitia que todos ouvissem com clareza o que Mail tinha a dizer.

– Disse a vocês que hoje eu falaria sobre o fogo. Nenhum de nós jamais teve qualquer contato com ele, nem sequer sabemos como fazer o fogo. Consegui decifrar um velho caderno de tecido que estava entre vários outros que ainda não decifrei, são códigos em estranhos caracteres que com certeza, contêm vários esclarecimentos. Os que já partiram não tiveram tantas explicações, mas levaram cópias de todos eles, e agora posso expor com mais clareza o que nossos antepassados deixaram escondido em enigmáticos sinais, aos quais foi muito difícil entender. Depois de conseguir decifrar um pequeno livro de tecido, cheio de pequenas ilustrações, já um tanto esmaecidas e que continha instruções de como cuidar de bebês, consegui encontrar a chave para tantos outros códigos secretos.

Aquilo que deixaram escondido em linguagem tão estranha, nada mais é do que a história de um povo valente, que passou por muitos desastres e que foi exposto a vários milênios de lutas, de aprendizagem e êxodo forçado em busca de lugares melhores para seus descendentes.

Os que aqui chegaram trouxeram consigo todos os conhecimentos adquiridos e a sabedoria de usufruir aquilo que lhes foi outorgado pelos últimos remanescentes de um povo que estava abandonando o lar em que viveram durante milhões de anos.

Contam sua história que não cabe em livros, mesmo escritos em códigos e sinais enigmáticos, mas deixam a essência de tudo de belo que tinham em seu íntimo e o éter que sempre os conduziu à eterna responsabilidade de preservar para o futuro das novas gerações, o bem-estar e a paz duradoura. Jamais pereceram com os desastres e as mudanças forçadas, e também aprenderam com as terríveis catástrofes e as lutas passadas, que servem de exemplo para o futuro e deixam indicações que devemos observar com cuidado.

– Não usem as forças da Mãe Natureza sem sabedoria, pois tudo que for usufruído sem retorno não terá futuro. Dentre os elementos, jamais usem o fogo. Ele consome tudo e o que retorna dele é tóxico e inaproveitável. Somente com muito cuidado e sabedoria pode ser utilizado.

– Nós, porém, vamos retroceder aos primórdios de nossos antepassados. Fomos privilegiados e beneficiados com o que nossos antepassados nos proporcionaram, mas o que não esperavam era que a segurança e a tranqüilidade usufruídas nos tornassem acomodados e tão satisfeitos com o que temos que deixamos de procurar novos meios de sobrevivência.

Vamos retroceder e com certeza teremos de usar dos meios primitivos para sobrevivermos. O fogo será indispensável, mas torno a repetir o aviso de nossos antepassados... cuidado! Nossos antepassados atravessaram épocas de lutas entre irmãos, tirania de alguns, ignorância de muitos e o fogo, de várias maneiras, sempre esteve ligado a todos os grandes males por que passaram nossos antepassados.

Vamos levar em nossa jornada estes pequenos embornais com azeite dentro e que servirão para uma necessidade imperiosa. Somente alguns levarão e saberão como provocar uma fagulha para poder acender uma pequena chama. Tenho outras informações e devo mostrar como se faz o fogo, mas por hoje acredito que é hora de descansarmos, ainda tenho várias informações para todos, mas devemos apesar do pouco tempo que nos resta, ser prudentes e não exagerarmos.

# 18

Assim falando, Mail levantou-se e em meio a um silêncio geral foi para dentro da Grande Nau e imediatamente dirigiu-se para a cúpula.

Rhia já havia notado aquela jovem de longos cabelos trabalhando em vários locais diferentes e foi com ela que Rhia aprendeu várias maneiras de extrair o suco bom dos cactos e a preparar diversos produtos necessários.

Ficavam os dois, Mail e a jovem, horas estudando vários livros e placas gravadas e Rhia notou também que Mail escutava com atenção. A jovem era tímida e calada, falava o essencial para explicar as formas de vários processos e Rhia admirava-se de que Mail ouvia mais que falava.

Ficaram a noite toda conversando e estudando vários documentos e no dia seguinte, lá estava Mail, logo cedo, ajudando, pois a barca ainda precisava de vários ajustes. Todos trabalhavam com afinco, pois o tempo estava se esgotando.

Inn-et, assim era o nome da jovem que conversava com Mail e mostrava a ele os mapas estranhos que havia encontrado na cúpula, sob o divã que havia bem no meio da cúpula transparente.

Mail olhava admirado tudo aquilo e disse a ela:

– Como foi que você encontrou isso? Já estive mexendo em tudo e nunca encontrei nada que se parecesse com isso!

– Eu também. Só hoje eu empurrei esse tablado para baixo, já havia tentado para cima, para os lados, só agora eu subi em cima dele e ele cedeu! Então esses arquivos apareceram.... e acho que são documentos que falam sobre a cúpula e como poderemos fazê-la funcionar, quer dizer, ela deve ter algum outro movimento, além desse girar contínuo.

Cada um deles pegou um mapa ou pedaços de papel transparente cheios de inscrições, e começaram a examinar tudo, esquecidos da noite estrelada que os espiava atentamente através da cúpula transparente.

Inn-et havia sido criada dentro da Grande Nau, sua mãe morreu, coisa rara, quando ela nasceu. Teve uma hemorragia enquanto dormia e quando o pai de Inn-et se deu conta já não havia mais o que fazer. Desesperado pelo fato inusitado e sem energia para reagir, foi morar na Grande

Nau, levando consigo a pequena Inn-et que foi criada pela grande mestra.

Criança dócil, tornou-se o verdadeiro amor da mestra, que mostrou ser uma segunda mãe para ela e assim que Inn-et começou a entender as coisas a mestra tornou-se também sua professora.

As duas formavam uma dupla formidável. A inteligência de Inn-et era posta à prova a cada minuto e ela realmente deixava a mestra assombrada. A rapidez com que aprendia todos os ensinamentos, mostrava à mestra que aquela menina era especial e talvez ela fosse a pessoa que decifraria os enigmas todos que existiam por todos os lados da Grande Nau. Com certeza, o tempo para isso acontecer estava se aproximando, pois vários acontecimentos estranhos estavam ocorrendo, dando mostras da proximidade de algo formidável.

Inn-et era linda! Tinha os cabelos negros lisos e finos e tão compridos que mostravam que ela não os cortou para fazer as cordas. A pele era alvíssima, os olhos oblíquos eram negros e grandes com cílios longos e curvados, a boca vermelha, carnuda e grande tinha o formato de coração e contrastava com a brancura da pele. Era delgada não muito alta e as mãos finas e longas eram incansáveis. Estava em todos os lugares. Era tímida, retraída mesmo e a não ser com a mestra, dificilmente conversava com alguém. Passava completamente despercebida, raramente aparecia nas reuniões, sempre ocupada e estudando e não era de estranhar o fato de que Mail não a tivesse encontrado antes.

Quando Mail começou a decifrar os enigmas, tanto ela como a grande mestra, compreenderam que realmente estava chegando o momento que há milhares de anos era esperado e que os segredos há tanto tempo guardados, iam ser postos a descoberto e com certeza não seriam coisas simples. Todos, de alguma maneira, estariam envolvidos em acontecimentos que mudariam por completo o modo de vida que há milhares de anos eles desfrutavam.

A primeira vez que Mail e Inn-et encontraram-se foi quando ele cortou seus cabelos e com eles nas mãos foi correndo até a cúpula, lá estava Inn-et, que absorta, tentava decifrar mais algum mistério como sempre fazia, estava sentada no divã que havia bem no meio da cúpula, e com diversos mapas e documentos nas mãos, não se deu conta da chegada de Mail.

Ficaram parados um fixando o outro, ele acabrunhado sem seus cabelos, ela tímida e surpreendida com vários mapas nas mãos, não sabiam o que fazer, seus pensamentos deram voltas até conseguirem acalmar-se.

Foi Inn-et quem primeiro conseguiu recompor-se e atenta a todos os gestos de Mail, colocou os mapas no arquivo onde os encontrou e olhando fixamente para ele sem coragem de perguntar o porquê de ele estar sem seus cabelos, começou a falar sobre qualquer coisa até perceber que falava coisas sem sentido. Então, levantou-se do divã e começou a andar de um lado para outro esperando que ele iniciasse a conversa.

Depois de alguns minutos de embaraçoso silêncio, Inn-et perguntou:

– Você é Mail, não?

– Sim. E você?

Inn-et virou-se em direção ao centro da cúpula onde havia o divã, sentou-se novamente e então começou a falar:

– Sou Inn-et, e estava esperando com ansiedade encontrar-me com você!

Foi falando e ao mesmo tempo estendia sobre uma pequena saliência do divã, o mapa que tinha ainda nas mãos, começando a desenrolar um grande e escuro papel, que era um mapa estranho e muito velho.

Mail, um tanto confuso, deixou os cabelos caírem no chão e aproximou-se dela. Ficou ali parado admirando a beleza da jovem e não esperava ouvir palavras tão estranhas e inesperadas.

"Como ela sabia seu nome se ele nunca vira essa jovem por nenhum lugar da Grande Nau.!"

– Inn-et.....

– Sim, venha aqui.

Lá ficaram os dois, examinando, estudando e procurando por todos os lados, mais papéis ou mesmo aquelas lâminas gravadas com sinais e desenhos bastante diferentes, que encontravam sempre que descobriam lugares e nichos lacrados e muito bem escondidos.

Depois desse dia nunca mais se separaram e um mostrava ao outro as coisas e papéis que descobriam, não saíam da cúpula para quase nada, e quando Mail descia para as reuniões, ela continuava lá, obcecada pela idéia de que a cúpula poderia mover-se.

Agora, quando ele, sempre ansioso, retornava das reuniões, ficavam recostados um no outro, divagando sobre a nova descoberta e Inn-et falava enquanto corria o dedo sobre as estranhas grafias no mapa.

– Temos pouco tempo para estudarmos todos esse documentos, mas pelo que já percebi, alguns são os originais de alguns outros que já deciframos, por isso temos de separar os mais necessários para nosso futuro, que tenho certeza, depende muito de tudo que pudermos salvar. E precisamos começar a fazer cópias dos que ainda não foram decifrados para que todos possam levar uma com eles, pois assim, com certeza, serão preservados.

Percebiam como distingui-los pelo aspecto dos papéis e separavam os documentos de acordo com sua semelhança. Depois, cada um pegou um documento e ficaram ali durante toda noite tentando desvendar todos aqueles enigmáticos sinais. Quando o sol deixou a cúpula transparente e a luz natural obscureceu a lâmpada fosforescente que eles usavam, os dois deram-se conta de quantos segredos eles estavam absorvendo e a responsabilidade que sentiam por saber que teriam o dever de salvaguardar todos eles, pois os descendentes de seu povo iam depender deles no futuro.

Como os dois não olhavam o sol, ficaram ali, ajeitaram todos os papéis e, em seguida, recostaram-se no divã para descansarem, mesmo sabendo que não conseguiriam dormir, pois o emaranhado de informações não dava trégua aos seus cérebros, sabiam que deviam relaxar ou não conseguiriam ajudar seu povo.

# 19

Rhia percebeu que os dois passaram a noite em claro e pela primeira vez, subiu até lá e adentrou a cúpula onde os dois estavam juntos, e ao perceberem sua presença, levantaram-se do divã e foram ao encontro dela, que desculpando-se, dizia:

– Trouxe umas iguarias e água, se precisarem mais alguma coisa podem me chamar, pois sei que vocês estão muito ocupados.

Os dois sorriram olhando-se docemente e seus olhos, apesar da noite em claro, pareciam pequenos faróis iluminados. Comeram pequenas bolinhas de mel e umedeceram os lábios, voltando a concentrar-se nos papéis que agora já estavam mais organizados e, portanto, poderiam entender com mais facilidade todas as magníficas palavras escritas.

Mail deixou os papéis de lado e pensativo disse:

– Inn-et...

Ela virou-se e ficou intrigada com aquele olhar pensativo e preocupado com que Mail olhava para ela.

– Está com alguma dúvida?!

– Sim, uma delas é como falar sobre tudo isso com todos e, principalmente, como fazer para que possam levar consigo todos esses documentos.

– Na verdade, não adiantará nada falar para todos. Os que estão sempre aqui na Grande Nau em busca de soluções e conhecimentos levarão consigo, como já fizeram os olhos oblíquos, instruções e cópias de várias informações importantes. Alguns documentos foram copiados, mas ainda não haviam sido decifrados e quem sabe quanto tempo eles terão de esperar para decifrarem tudo. Como também não sabemos quem sobreviverá e conseguirá preservar todos esses conhecimentos. Para mim, acho que tudo se perderá e somente daqui a milhares de anos, outros nascerão com conhecimentos entranhados em seu íntimo, e começarão tudo novamente. Tenho visões claras sobre o futuro e vejo você entre todos, serão milhões, e todos eles conhecerão e acreditarão em suas palavras. É difícil entender bem o significado dessas visões, mas o vejo em todos os lugares, em todos os recantos e você será conhecido como E-Mail. Uma máquina será criada e o transportará para os mais longínquos rincões do planeta e com certeza, estarei também. Apenas não consigo entender os sinais que aparecem em minhas visões. Em todas elas eu sinto como uma vibração e uma janela clara, com uma luz muito azulada, impede que eu consiga entender ou enxergar o que está acontecendo através dela.

Mail ficou pensando que também ele já tivera premonições, onde reconhecia seu nome e também que estaria em todos os lugares ao mesmo tempo. Como não podia responder a essas dúvida e nem por que muitas vezes encontrava palavras estranhas que eram muito parecidas com seus nomes; Mail e Inn-et,deixou de lado essas interrogações, que com certeza, por enquanto ficariam sem respostas. E novamente perguntou a ela:

– Inn-et você sabe como são feitos os desenhos da íris dos olhos e também como são feitas as pulseiras?

– Sim, e você provavelmente já notou como é preparada a tinta para esses desenhos e os materiais que são necessários, certo.?

– Você acha que notei? Como assim?

– Na sequência do descarnar quando os ossos sobem a esteira, lá em cima existe, sob primeira prensa, um depósito que recolhe os "sumos" dos ossos, da coluna e do cérebro e que escorrem por serpentinas até o laboratório que fica logo abaixo. É um líquido precioso, extraordinariamente poderoso, e cada gota é recolhida com o maior cuidado. Quando a máquina de revitalizar não consegue reanimar a pessoa, ela mantém a temperatura do corpo no mínimo possível para que conserve um estado vegetativo até o descarnar, pois o "líquido" tem de continuar ativo até ser espremido e então vai para tubos e filtros que conservam sua vitalidade. Misturado a materiais diferentes servem para vários fins.

O desenho da íris que todos (*menos eu e você*) temos alterados pela constante exposição e fixação do sol, é fixado no momento em que a máquina própria para isso, imprime no cartão as cores dela e o desenho com a tinta composta por esse líquido ao qual é adicionado um fixador retirado de uma das espécies de cactos. O material das pulseiras é feito com esse mesmo líquido, onde é adicionada uma cera que vem dos formigueiros, mais alguns produtos especiais, que os mestres conservam no laboratório e que nos protegem de várias maneiras.

A máquina que faz estes trabalhos, faz parte da Grande Nau e nós apenas a usamos, não sabemos quem a criou ou mesmo como fazer outra igual. São segredos como esse que tentamos descobrir em todos esses documentos que estamos sempre vasculhando.

Mail já sabia da vida de Inn-et, mas ficou impressionado com todos esses conhecimentos, que ele sabia haviam sido ensinados pela grande mestra e isso era outro mistério que ele não conseguia entender, porque a mestra colocava tantos segredos nas mãos de Inn-et.

Inn-et leu seu pensamento e continuou:

– Todos esses segredos, na verdade, não estão escondidos, apenas temos de procurar. Existem sempre três guardiões que sabem de cor todos eles. Aprenderam como eu, de viva voz, e receberam a incumbência de preservá-los. Toda vez que um dos três guardiões pressente a proximidade do descarnar, escolhe um de seus aprendizes e passa para ele todos os conhecimentos. A grande mestra já está me preparando para substituí-la, por isso sei tantas coisas. Agora com todo esse terrível acontecimento que, com certeza, mudará radicalmente nossas vidas, não sei como eles irão agir. Não conheço os outros dois guardiões e nem imagino se eles pretendem ficar juntos ou como irão proceder.

– Sei apenas que eu não irei com eles, mas também não sei como isso pode acontecer. Mas, em minhas visões vejo bem claro que eu e você não iremos com nosso povo, temos, com certeza, uma missão a cumprir e devemos apenas estar atentos a todos os pequenos avisos que nossa Mãe Natureza nos envia.

# 20

Passaram as quatro luas e desta vez seriam muitas viagens, portanto o cuidado era muito maior com a barca, que provavelmente sofreria acidentes, teria de ser constantemente consertada, e para isso deveriam estar preparados.

Os olhos oblongos verdes e azuis, já estavam preparados e recebiam os últimos esclarecimentos. Mail falava e mostrava um pequeno disco de pedra, onde Rhia havia lavrado o esboço de um mapa com todas as indicações de como eles deveriam seguir e as marcas seguiam sempre em sentido norte-leste. Com o dedo, Mail seguia uma linha mais demarcada e pedia que todos prestassem muita atenção.

– Vejam; este rio é o mesmo que os olhos oblíquos seguiram e ele possui duas embocaduras. Eles foram pela esquerda em direção norte, vocês irão pela direita, em direção norte-leste.

Os olhos oblongos verdes irão mais para o norte e sempre nesta direção, até encontrarem um novo rio muito largo, que se transformará em mar e terão de estar bastante longe dele, pois as águas subirão muito e se tornarão salgadas. Façam bastante provisões de água, porque será muito difícil encontrar outro rio. Os de olhos azuis deverão seguir esta outra direção, indo mais para leste. Este rio menor que sai do outro maior é o rio Ren, e os olhos azuis devem seguir por ele que os levará um pouco longe das montanhas, mas depois ele volta para elas e deverão ficar ali por perto. As flores que as crianças levam junto com vocês, têm em seu pistilo uma pequena cabeça triangular, que na verdade é uma pequena bússola que tem sua ponta maior sempre voltada para o mesmo ponto, o pólo magnético. Assim, se vocês se sentirem perdidos basta olhar para elas e saberão como achar a direção certa. Mesmo sem ver o sol, saberão onde está o Norte. Falei para vocês sobre o perigo do fogo, mas devem saber que a água também é perigosa.

Quando os sinais de terremoto começarem, os animais irão afastar-se das águas, pois elas subirão muito, portanto fiquem atentos, e quando forem para longe não esqueçam de levar água da maneira mais fácil que puderem. Nos papéis que o mestre guia está levando existem descrições detalhadas de frutos e plantas que contêm água em seu interior, mas não sei se encontrarão essas frutas pelo caminho. Procurem manter-se unidos, pois somente assim terão maiores chances para lutar contra animais e outros perigos. Como será uma viagem por dia os que forem primeiro, devem ficar quietos sob as pequenas árvore até os próximos chegarem e ai sim devem seguir juntos, não esperem os do outro dia, pois é arriscado permanecer no mesmo lugar por muito tempo.

Foram oito viagens seguidas e ainda haveria mais duas e como tudo transcorria com calma e nenhum acidente estragou a barca, uma parte dos olhos amendoados castanhos já estavam preparados para seguirem nessas duas últimas viagens. Ouviam os últimos detalhes, pois para eles também Mail tinha outro mapa em uma pequena pedra rosada, onde Rhia entalhou com verdadeira perfeição os contornos e o curso que o rio seguia.e que havia descoberto num dos documentos que ajudou Mail e Inn-et desenhar. Era com prazer e verdadeiro fervor que ela trabalhava e procurava encontrar pedras mais resistentes que as calcárias que eram encontradas nas fossas abertas para encher de água. Essas pedras mais duras eram encontradas na beira da água e Azor é quem as encontrava. Mail mostrava com o dedo correndo sobre a superfície do mapa:

"Vejam este rio é tão largo que vocês irão ficar separados. Um grupo desembarcara no lado direito, o outro do lado esquerdo e irão subindo o rio em direção norte-oeste. Vocês irão andar contra a correnteza do rio e isso fara a viagem ainda mais difícil. Este rio chama-se Iss e em alguns lugares muito ao norte, ele se espraiara tanto que suas águas ficaram muito rasas e vocês poderão atravessá-lo pelas pedras. Os que aprenderam a nadar devem ficar atentos, pois se alguém escorregar e cair na água poderá ser arrastado.

Quando os terremotos começarem, provavelmente muitos abismos serão abertos e vocês precisarão estar perto das grandes elevações, para protegerem-se dos gazes que sairão das entranhas da terra. A calmaria que estamos observando e que tem sido uma verdadeira ajuda em nossas viagens é o prenúncio da gigantesca tormenta que está por vir. Esperemos ardentemente que a Mãe Natureza nos seja benevolente e permita a todos estarem em lugares mais seguros, para podermos seguir construindo um futuro onde todos tenham a mesma igualdade e liberdade que tínhamos aqui.

Os que forem pela esquerda deverão, depois de algum tempo, dirigir-se para o Oeste e encontrarão outros rios, mas também deverão tomar muito cuidado, pois lá abrir-se-ão os maiores abismos. Sigam as trilhas de pequenos animais, pois eles tratarão de encontrar lugares seguros e são bem mais rápidos. Num futuro distante, novamente estaremos reunidos, embora a distância nos torne diferentes e mesmo estranhos uns aos outros, no íntimo saberemos nos reconhecer.

# 21

E assim, a cidade ficava quase vazia. Só restavam os olhos amendoados negros que eram três mil e o restante dos olhos amendoados castanhos, em torno de mil e duzentos. Os olhos amendoados negros iriam para outros lugares totalmente diferentes dos primeiros olhos amendoados castanhos que foram para o Norte-oeste, eles iriam para o Sul e sul-leste. Os últimos olhos amendoados castanhos iriam também para lugares diferentes.

Reuniam-se defronte a Grande Nau e não tinham mais aquela serenidade de antes. Os mestres que ainda estavam ali, passavam por eles e com gestos suaves e palavras carinhosas, diziam:

– Somos guerreiros e embora todos esses milhares de anos de paz e segurança nos tenham deixado mansos e tranqüilos, quando a necessidade se fizer presente, saberemos nos defender. Não se deixem enfraquecer, lá, bem dentro de nós está o espírito de nossos antepassados e, como eles, temos a obrigação de preservar tudo de bom que sempre tivemos, para deixar para os nossos descendentes

Mail também achegava-se mais a eles e convidou-os a cantarem o hino que sempre lhes deu paz e serenidade, seu hino predileto.

Eram versos curtos e eram louvores a quem os criou, e a melodia entoada tornava-os suaves e enternecedores, mergulhando a todos num melancólico silêncio, e em suas preces à Mãe Natureza, pediam ardentemente ajuda em suas próximas viagens.

Assim os dias passavam rápido e os noites de lua minguante estavam chegando. Mail mostrava-se preocupado e tanto Rhia como Inn-et tentavam acalmá-lo, embora elas estivessem mais intranqüilas do que ele.

Mas seus pensamentos não o deixavam em paz. Sentia que o tempo estava se esgotando e a angústia de todos, deixava-o ainda mais intranqüilo, principalmente porque deixaria seus queridos amigos e parentes e não sabia como lhes dizer isso.

Depois de cantarem, ficaram ainda mais absortos e contemplavam a lua como se nunca mais a fossem ver, então Mail começou a falar:

"Dentro de poucos dias vamos recomeçar as viagens e logo todos estaremos longe daqui.

A felicidade, que durante milhares de anos usufruímos, entranhou-se em nossa alma e por isso, mesmo com as catástrofes, nós seremos um povo otimista e esperançoso. Certamente, passarão outros milhares de anos antes que sejamos novamente um povo unido, feliz com o pouco que nos é necessário para isso e, com certeza, dentro de cada um existirá sempre a semente do ser maravilhoso que somos.

Tudo que até hoje usufruímos foi o legado de nossos antepassados que não sucumbiram com tantos desastres e hecatombes, por isso temos também de deixar para nossos futuros descendentes, se não o bem-estar, pelo menos a esperança de que um dia novamente todos sejam livres e felizes como somos agora. Nossos antepassados também sofreram com o desencontro de milhões que eram e somente alguns poucos deles conseguiram unir-se e formaram grupos onde o bem- estar era igual para todos e somente depois de muito tempo, construíram seus instrumentos voadores para poderem procurar um outro mundo, pois o deles havia sido completamente esgotado e destruído pela ignorância de muitos deles.

Tenho pouca coisa ainda para lhes passar e, como o tempo está no fim, quero que todos vocês estejam atentos às formigas. Elas farão sua última viagem amanhã ao entardecer e devemos todos estar presentes, como se fossem nossos parentes. Elas nos ajudaram a viver e esperamos reencontrá-las onde formos. Provavelmente terão de separar-se para poder sobreviver e, com certeza seus próximos habitats não serão tão tranqüilos como este que estão abandonando. Mas observem que elas deixam o lugar onde viveram milhões de anos e partem sem levar nada. A união de todas elas é o bem mais precioso que levam consigo. Devemos imitá-las e temos que nos unir se quisermos sobreviver.

No dia seguinte ao entardecer, todos estavam atentos e jamais imaginavam um espetáculo tão emocionante, pois viram o maior êxodo jamais visto

Milhões de formigas começaram a sair de seus formigueiros e imediatamente começavam a voar. Formaram uma espessa nuvem que momentaneamente encobriu a luz do sol. Voavam tão juntas que se algumas delas perdesse uma asa, seriam amparadas pelas outras. E com certeza, isso acontecia porque ao elevarem-se e dirigirem-se para seu novo mundo, milhares de asinhas voluteavam, e levadas pelo vento chegaram até eles. As crianças amparavam, com as mãos, as írisdicentes asinhas que tremeluziam à luz do sol.

Ficaram ali observando a nuvem sumindo no horizonte e começaram a entoar seus cantos. Sentiam um nó na garganta e sabiam que quando eles se fossem ninguém mais restaria ali para ver sua partida

# 22

Chegou o dia dos olhos amendoados negros irem embora. Para a primeira turma, quinhentos deles, homens e mulheres fortes, foram escolhidos por eles mesmos, para serem os primeiros e, assim, irem cuidando e preparando o caminho para os que iriam a seguir.

Tinham instruções seguras sobre o caminho, mas os primeiros deveriam ficar esperando pelos próximos que só chegariam no dia seguinte. Precisavam começar a preparar a trilha que iam seguir sob as pequenas, mas frondosas árvores que, sem dúvida, lhes encobriria a luz do sol.

Era cedo ainda e já a barca zarpava com destino ao rio Nii de onde seguiriam rumo Sudeste. A calmaria só não era demais porque um vento agradável enchia a vela, e a barca ia veloz pela água límpida e parada. Assim, foram em três dias seguidos, fazendo duas viagens por dia, ficando todos juntos com pequena distância entre eles. Depois, deveriam unir-se para seguirem viagem. Foram seis viagens tranqüilas, sem um único acidente.

Davam graças à Mãe Natureza por essa tranqüilidade e sabiam que logo a tormenta não daria trégua e nem teria compaixão por nada. "ELA" não estava zangada, mas era tempo de acomodar o Planeta.

Restavam os últimos olhos amendoados castanhos e eram tão poucos que o silêncio pelas casas vazias, a muralha meio desmontada e a Grande Nau parcialmente quebrada, era tão assustador, que todos ficavam sempre dentro da Grande Nau ou então, às vezes sentavam-se aos grupos dentro do buraco que havia sido o belo jardim e nas noites enluaradas, abraçavam-se e cantavam. Numa dessas noites Mail chegou com Inn-et, Rhia e Azor e disse que ia mostrar como fazer o fogo.

Apanharam alguns restos dos cactos que já estavam secos, juntaram com gravetos formando um pequeno monte. Mail pegou um pequeno embornal, despejou um pouco de um azeite cheiroso sobre aquele pequeno monte de madeira e a seguir friccionou duas pequenas pedras.

A fagulha reverberou no líquido inflamável e rapidamente surgiu uma labareda enorme que espalhou-se rapidamente pela madeira ressecada, espalhando sombras assustadoras que impressionavam a todos.

– Oh!...Oh!... Murmúrios e exclamações de surpresa, vinham de todos os lados. As crianças precisaram ser contidas, pois queriam pegar o fogo, mesmo os adultos aproximavam-se perigosamente do fogo.

– Cuidado! Advertia Rhia.

Todos iam até bem perto e com as mãos espalmadas, sentiam o calor que saía da fogueira, deliciando-se com a sensação da novidade, nunca em suas vidas tiveram contacto com o fogo, por isso olhavam fascinados as rubras labaredas que ondulavam e pareciam querer voar.

– Vejam, dizia Mail, ele será nosso aliado desde que tenhamos muito cuidado. Se deixarem ele perto das árvore elas podem pegar fogo. Se o vento for forte, as fagulhas poderão espalhar o fogo. Por isso somente deverá ser aceso em raras ocasiões. De preferência, dentro de cavernas ou abrigos que porventura pudermos construir. À noite, ele pode afugentar os animais, mas também pode atrair. Cuidado sempre. Meus amigos que foram com suas famílias aprenderam como fazer o fogo e estão prevenidos do perigo que ele pode trazer.

– Como estamos todos aqui e daqui a quatro luas iremos embora, devo dizer a todos que Inn-et e eu não iremos acompanhá-los. Ficaremos aqui na cúpula e ela será a nossa nau. Só dois de nós cabem dentro dela e é preciso saber manejá-la. Por isso, Inn-et, que sabe como fazer isso, irá manobrando e eu lhe indicarei os caminhos que nossos antepassados deixaram indicados nos documentos que descobrimos recentemente na própria cúpula.

O olhar de surpresa e angústia de todos era a demonstração do medo que sentiam por não terem mais a companhia e os conselhos de Mail, e sem ele como guia não saberiam como chegar a um porto seguro, e tampouco como recomeçar tudo.

Rhia aproximou-se dos dois e foi com angústia e apreensão, na voz trêmula, que perguntou com insegurança e medo:

– Vocês têm certeza de que funcionará? Não sabia que a cúpula podia deslocar-se e menos ainda que pudesse levar alguém para algum lugar.

– Ficamos sabendo há pouco. Descobrimos novos documentos que nos deram indicações precisas. Não temos nenhuma dúvida de que poderemos sair daqui dentro dela. Não precisa ficar preocupada. Tranqüilizava Inn-et.

Mail voltou-se para todos e falou:

– Daqui para frente estaremos dependendo apenas de nossa inteligência. A força bruta estará nos espreitando a cada curva do caminho. Não mais estaremos protegidos pelos poderes de imunização que todos nós temos em nossos corpos e que a cada três anos é renovado ao trocarmos nossas pulseiras. Elas perdem sua validade assim que completam três anos e se não forem novamente recobertas com o imunizador, não mais terão valor.

Todos, incrédulos, olharam suas pulseiras, pela primeira vez, com atenção e só agora entendiam o porquê de todos terem aquele ornamento. Pensavam, ingenuamente, ser apenas um pequeno adorno ou mesmo um modo de identificação.

– Como não podemos levar muita coisa, a última viagem da barca levará algumas máquinas, mas soltas, sem o intrincado aglomerado de serpentinas, e todas as peças que filtram o sol nada valerão. Quando conseguirmos um local seguro, se conseguirmos, talvez possamos tentar reconstruí-las.

Mas até lá os poderes que as pulseiras contêm, perder-se-ão e estaremos à mercê de doenças, nossos corpos sem as enzimas e os fluidos prodigiosos feitos por nossos antepassados voltarão a ter debilidades e também começaremos novamente a ter filhos. O desejo sexual voltará a ter ímpetos instintivos e será difícil controlar a busca pelo prazer e satisfação. No início, ainda levaremos a energia do sol, nosso corpo ainda será rijo por algum tempo. Nossa voz retornará com alguma dificuldade e poderemos nos comunicar melhor com palavras, visto que a telepatia, que era fortalecida pela energia do sol, nós não teremos mais. As cordas vocais que estão inativas há muito tempo, aos poucos retomarão o vigor e as palavras sairão com mais facilidade. Nossa visão também terá de adaptar-se ao escuro. A pupila, que com a luz do sol foi ficando afetada, demorará para retomar sua perfeita função e por isso, o escuro que teremos de enfrentar sob as árvores, será nosso maior obstáculo. Por isso, recomendo que andem sempre durante as horas bem claras do dia, enquanto o sol estiver bem alto no céu. As dificuldades serão enormes, mas se todos permanecerem unidos, terão chances de sobreviver.

– Como os olhos amendoados castanhos são os últimos, mil deles irão em duas viagens para o mesmo lugar aonde foram os amendoados negros, só não irão para o Sul. O rio Nii, depois de algum tempo, divide-se em dois. Eles descerão pelo lado direito que os levará para o Sul, vocês continuarão seguindo pelo lado esquerdo e irão sempre para o Leste. Terão de caminhar por muito tempo e devem continuar juntos. Depois, se alguns de vocês tomarem outra direção devem lembrar-se sempre de que o sol lançou seus últimos raios supra-verdes há milhões de anos, seu efeito está deixando de chegar aqui, e mesmo que vocês cheguem a algum lugar onde o sol esteja bem a descoberto, ele não mais terá os raios que nos ajudavam a usar a telepatia e não adiantará fixá-lo. Isso só prejudicaria a visão que talvez vocês já tenham recuperado. Estejam sempre atentos a todos os sinais da Mãe Natureza e assim terão todas as chances para desenvolver outras habilidades.

# 23

– Os restantes, em torno de duzentos, serão os últimos e levarão as máquinas e tudo que pudermos colocar na barca. Seguirão o rio-mar, que é enorme, e irão nele seguindo a margem direita até onde puderem. Quando não mais tiverem meios de seguir pela água, pois deverão encontrar desníveis onde a água forma cascatas enormes, devem desmontar a barca e carregar tudo que for possível, mesmo que para isso vocês tenham de ir mais devagar e talvez, até mesmo formar pequenas vilas onde alguns poderão ficar morando para servirem de apoio aos que forem voltando para carregar mais coisas. Quanto mais vocês levarem mais fácil será para retomarmos nossos projetos e tornarmos a fazer as máquinas que nos ajudam de várias maneiras. O rio-mar tem muitos rios que nele desembocam, mas vocês devem sempre seguir para Oeste. As flores indicarão o Norte e vocês poderão encontrar o sentido Oeste pelo lugar onde o sol se põe. Prestem atenção também nas estrelas. Elas parecerão fora de lugar, depois do cataclisma, mas na verdade será a Terra que mudará seu eixo e o equador, o lugar onde o sol passa sempre na mesma linha, como fazia aqui no atol, mudará mais para baixo e vocês terão outras estrelas para guiá-los. Por isso aquela linha que temos gravada na cúpula parece ter uma sombra, na verdade, é a linha que o sol irá seguir depois da revolução da Terra. Bem para Oeste, com o movimento que esta parte da Terra sofrerá, sendo "*empurrada*" para longe, grandes montanhas irão elevar-se. Vocês devem esperar bastante tempo para dirigirem-se até elas, pois estarão muito escarpadas e será preciso dar tempo para que árvores e arbustos comecem a nascer para ajudá-los na subsistência e mesmo para protegê-los contra o sol e contra animais que, com certeza, também irão sobreviver.

Será para lá que dirigirei a cúpula e pousaremos numa base que será o local em que tentaremos reconstruir nosso novo lar, onde ficaremos esperando por vocês, pois tenho certeza de que conseguirão vencer todos os obstáculos e nos encontrarão, mesmo que tenhamos de esperar a vida toda.

Quando a lua novamente tornou-se uma pequena fresta no céu, indicando as noites mais escuras, os últimos a partirem deixaram atrás de si, apenas Mail e Inn-et, que acenavam, enquanto a barca afastava-se lentamente.

Rhia e Azor ficaram olhando emocionados a Grande Nau e todo o atol afastarem-se e, aos poucos, os vultos dos dois e mesmo do atol, desapareciam numa nuvem de lágrimas contidas que teimavam em rolar e de vapores da máquina que empurrava a barca para longe do porto seguro.

Mail não queria sair da muralha, que era o ponto mais elevado e seguia o vulto da barca sumir no horizonte, tornando-se apenas um pequeno ponto, num vasto e tranqüilo rio-mar, que ainda continuava calmo e seguro.

Foi com muito esforço que Inn-et conseguiu tirá-lo daquele lugar, lembrando a ele que tinham muito trabalho a fazer se quisessem sair dali e reencontrar os amigos, pois ainda tinham dúvidas. Foram para a cúpula, pois precisavam revisar vários documentos que tinham descoberto, mas que ainda não haviam conseguido decifrar e não sabiam quanto tempo teriam para conseguir entender tudo aquilo.

Eram instruções para poderem fazer a cúpula voar. Não tinham dúvida de que ela voaria, o problema era decifrar corretamente todos aqueles enigmáticos sinais e descobrir todos os instrumentos necessários para pôr todas essas instruções em prática, pois a cúpula era isenta de objetos a não ser o divã e isso era um obstáculo para qualquer possibilidade de encontrarem algo parecido com instrumentos ou coisa semelhante.

Ficaram ali absortos e embasbacados com tantos segredos desvendados, além de maravilhados por tudo que seus antepassados tinham construído. Sabiam que só iriam acionar a nave quando percebessem que ia começar o desmoronar de tudo, e estavam ficando impacientes por não descobrirem como isso seria possível.

Não sabiam, com exatidão, quanto tempo ainda lhes restava, mas com certeza, não era muito. Estavam procurando novos documentos quando descobriram que o divã que ficava bem no meio da cúpula era, na verdade, dois assentos desdobráveis que possuíam comandos e pedais escondidos sob um pequeno aparador para descansar os pés.

Inn-et andava de um lado para outro com vários papéis e mapas nas mãos e apontava para Mail os pontos-chave que ia descobrindo. Ele manejava com cuidado as alavancas e pedais, como se fossem de cristal, pois havia o medo de, sem querer, colocar a cúpula em funcionamento.

– Veja esta linha de metal que circunda a cúpula, parece imóvel, mas deve estar solta e a cúpula está apenas recostada nela. Estes sinais, veja aqui, este sol com um raio verde indo para longe, com certeza é o último raio supra verde que este sol expeliu e, com certeza, isso aconteceu a bilhões de anos. Como só agora a Terra deixará de receber esses raios, que são a fonte de energia mais pura que existe no Universo, tudo aqui mudará. Sem esses raios supra verdes, nós não teremos mais a mesma energia, não será fácil usar a telepatia e mesmo que fixemos o sol como costumamos fazer, não receberemos mais, com a mesma força, todos os benefícios que ele proporciona, repetia ela, quantas vezes fossem necessárias, o mesmo documento, para estarem bem familiarizados com tudo.

– Daqui a milhares de anos nossos descendentes terão de arranjar um meio de poderem ir em busca de um novo sol, que esteja iniciando a emissão desses raios. Sem essas ondas de energia, tudo mudará na superfície deste Planeta, mas ainda terão milhões de anos para deixar de receber os benefícios dele. Só então começarão novamente os distúrbios, e as mudanças do Planeta obrigarão nossos descendentes a buscarem, como hoje fazemos, meios para um êxodo inexorável. Continuava ela, repetindo e repetindo vários assuntos.

– Tem razão Inn-et e este mapa aqui no fim da linha, nos dá uma idéia de como será a superfície deste Planeta depois de todas as revoluções que a Terra sofrerá, e assim, podemos escolher um lugar onde possamos descer nossa cúpula sem perigo. Este lado da Terra será "empurrado" para Oeste e com esse movimento ela ficará "enrrugada" perto da grande massa de água salgada que existe deste lado. Montanhas altíssimas surgirão e entre elas certamente haverá vales e lagos que conterão as águas doces. Será um local seguro para ficarmos. Já encontrei entre essas montanhas, uma que tem uma saliência bem grande e a uma altura bastante razoável, o que nos protegerá de várias maneiras e onde poderemos descer com nossa cúpula, sem riscos.

– Desse local também poderemos descortinar um horizonte largo e será possível vermos, sermos vistos e encontrados pelos nossos amigos mesmo que isso demore muito tempo, pois, com certeza, não será fácil para eles. Além de andarem por caminhos dificílimos, levarão consigo o máximo de instrumentos que iremos necessitar.

– Tudo bem, então só acionaremos estes comandos quando nossa Grande Nau começar a dar os primeiros sinais de que irá desmoronar juntamente com tudo que estamos vendo, e todo o atol também desaparecerá, certo?

– Certo, Inn-et.

Assim, os dois ficavam abraçados e olhavam aquele céu tranqüilo, onde estrelas polvilhavam infinitamente todos os mais longínquos espaços, parecendo tão firme e seguro como jamais o haviam visto.

Não deixaram nenhum documento sem examinar duas ou mais vezes, não queriam ter dúvidas sobre nada e também não queriam ficar sem ter o que fazer, para não sentirem angústia com o silêncio esmagador.

Depois que a máquina a vapor foi embora com a barca, a água só corria em volta da cúpula, todo o resto estava parado e a falta do marulhar tão peculiar da água rodando por todos os lados, deixava o silêncio ainda mais estranho em toda a Grande Nau. Por isso não saíam mais da cúpula e passavam os dias e noites apenas estudando os documentos, nem sequer paravam para comer. Haviam trazido para ali tudo o que sabiam que necessitariam, pois não queriam ser descuidados com nada. Eles levavam, também, num cantinho da cúpula, um pequeno pé da flor rosácea que Rhia entregou para Inn-et dizendo que ela seria um elo entre eles.

# 24

Os dias passavam com uma lentidão exasperante, mas a calma e a lucidez dos dois tornavam esses dias fonte de descobrimentos. Deslumbravam-se com os relatos de alguns incríveis documentos que descreviam o modo de vida de seus antepassados.

Depois de vários dias e noites tranqüilas começaram a perceber ao longe as dunas de areia revoluteando sem parar e deram-se conta de que o momento tão esperado estava chegando. Abraçaram-se, depois cada um sentou-se em uma das cadeiras e ao sentirem os primeiros e leves estremecimentos da Grande Nau, os dois acionaram, ao mesmo tempo, uma alavanca e puxaram-na para o centro dos bancos.

Ficaram silenciosos à espera do barulho ou de um sinal de que estavam em movimento, mas nada acontecia e os dois olhavam-se com apreensão.

Inn-et exclamou:

– Mail, veja... a água...

Os dois ficaram paralisados, tentando entender o que estava acontecendo.

A água que rodava na dupla camada de plástico que era a cúpula, começou a girar velozmente e continuava cada vez mais, tão vertiginosamente, que a estrutura molecular da água começou a se modificar. Não era mais líquida, sólida ou gasosa, simplesmente transformou-se em uma película írisdicente, e tal qual uma bolha de sabão elevou-se no ar, flutuando por alguns segundos por sobre a Grande Nau e a cidade, que ruíam como um castelo de areia

Mail, saindo de seu espanto, rapidamente segurou a alavanca e igual a um leme começou a dirigir a "cúpula-bolha" para longe do atol que afundava num mar revolto.

Mail continuou atento ao curso e Inn-et, depois de um longo olhar de adeus a tudo que havia sido uma vida feliz, lia para ele o último trecho de um documento que tinha nas mãos:

"No princípio, ela era um incomensurável aglomerado de fenômenos maravilhosos, presos por seu amplexo amoroso, envoltos em um enigmático e misterioso véu de escuridão que rompeu-se num repente de luz, explodindo em miríades de universos, espalhando-os pelos infinitos escaninhos de seu corpo írisdicente. A MÃE NATUREZA, enterneceu-se com tamanha beleza e aconchegou em seu regaço as mãos vazias."

A cúpula-bolha seguia velozmente em direção ao rio-mar Ams e sumiu rapidamente no horizonte.

# FIM

Contato com a Autora
*m-anna-m@hotmail.com*

SCOR
Gráfica
TECCI

Impressão e Acabamento:
**Gráfica Scortecci**
Telefax: (11) 3815-1177
www.graficascortecci.com.br
grafica@scortecci.com.br